岁时花事

沈胜衣·著

华文出版社

图书在版编目（CIP）数据

岁时花事 / 沈胜衣著. -- 北京 ：华文出版社，
2025. 5. -- ISBN 978-7-5075-6043-5
Ⅰ. I267.1
中国国家版本馆CIP数据核字第20254ES963号

岁时花事

作　　者：	沈胜衣
策划编辑：	方昊飞
责任编辑：	景洋子
装帧设计：	周　晨
出版发行：	华文出版社
地　　址：	北京市西城区广外大街305号8区2号楼
邮政编码：	100055
网　　址：	http://www.hwcbs.cn
电　　话：	总编室 010-58336239　发行部 010-58336202
	编辑部 010-58336252
经　　销：	新华书店
印　　刷：	三河市航远印刷有限公司
开　　本：	787mm×1092mm　1/32
印　　张：	9.375
字　　数：	160千字
版　　次：	2025年5月第1版
印　　次：	2025年5月第1次印刷
标准书号：	ISBN 978-7-5075-6043-5
定　　价：	59.00元

版权所有，侵权必究

南宋 马麟 《梅竹图》

南宋　佚名　《莲舟仙渡图》

北宋　崔白　《双喜图》

元　钱选　《八花图》　（藏于故宫博物院）

元 佚名 《香月潮音图》

南宋　佚名　《秋葵犬蝶图》

南宋 阎次平 《四季牧牛图》

自序

节上生花

一直喜欢张爱玲的一句话:"多一点枝枝节节,就多开一点花。"她称这是"生之烂漫"(《我看苏青》)。此乃人生的通达态度:生命本来就枝权横生、错杂难料,面对各种际遇幻变,当随遇而安,只需努力去营造,或者欣赏当中的一点点美好,顺其自然,花开自在。

不过,我引用此语,还为了说明本书的内容:写的是节日、时年等岁时节序中的花事。节令和花木,一直是我感兴趣的两个专题:节日、节气乃天地运行中的一个个驻足点、交接点和分岔点,可让人感受自然的神秘;而植物会在其间有各种形态的变换,直观地展现万物的风姿。将这两者结合起来,再融合一些古代社会的节俗、一些当下个人的品味,又添上一些读书心得、一些旅途见闻,那将更有枝节生花的烂漫意蕴。这样的时节花篇,是前些年我专门开的一个系列(最初所拟总题为《节花小札》),写成十个传统节日的草木之谈（至于二十四节气，我已结集过一本《二十四》，此处不赘）。

本书的另一部分，是"年度植物"。多年来，我都为每个农历生肖选出与其名称对应的花草，于当年寻觅甚至栽培，更考究其名实，作为私人的岁时献礼。以前有部分已收入旧著，现在这里的从"鸡年鸡蛋花"到"龙年龙头花"等，算是给自己的十二生肖植物画了一个圆。这份"年花"的趣味，还扩展到个别公历年份的数字所对应的草木，亦收录在一起。

写这些岁时花事，个人心意还在于，通过植物留住光阴的印记。因此，最后收入一篇《树康花乐草木深》，忆述故园花草，也属于一段岁月的留痕。

我在撰记《节花小札》时，曾遇上一个写作瓶颈，是关于文风的问题。反思自己以往的有些植物书话，过分追求对某种花草的典实作竭泽而渔的全盘掌握，强迫症地读遍手头所有资料，大量引用文献，出现不少书名号、引号，甚至变成"抄书体"和烦琐芜杂的长篇大论。虽然我的用意是要以那样的齐全，对得起所谈的植物；以那样的筛选转介前人资料，对得起读者，但自我怀疑，有费时费力不讨好之嫌。因而一度想纠偏一下，少做详尽深入、广征博引、繁复考辨的大文章，而多写相对简洁清通的小品。本书有些篇章也做过这样的努力。然而，人生实难，即使个人范围的这类小目标都不能完全掌控,要真正改变自己是多么不容易。积习难移之下,哪怕现实事务再忙碌、个人闲暇再珍贵,我都仍乐此不疲地继续沉迷文献、搜读征引,且常攀藤绊瓜、东拉西扯。虽然后来克服了一些过度之处,自感已经节制,可仍越写越长,颇有点丧气。

对此,这期间有不止一个朋友安慰我:不必在意,无须变更创作风格。但我内心始终是纠结的。直到有次拜访杨宝霖先生,这个心结才豁然得解。事缘那篇《下元:冬日访自力斋楼头种植记》,写好后,先寄给他过目,然后在2021年2月第一天到其家提前拜年,顺便听听他的意见。一坐下,闲话未说,杨老就首先盛赞该文写得好,并笑言,他爱写诗和散文,深知这类作品的特点,是时不时"荡开一笔",我的文字就有此妙处;但是,我又好像生怕人家见怪、不明白,因此荡开之后总要交代说明,其实大可不必,因为散文本就该如此(当然他也说,读者层面不同,我那样处理也好,能让更多人看得懂)。

他这开门见山的到位点评,以及对文学作品特色的精妙概括,不愧是著名语文教师出身,长年沉浸文海的得道者,能一语中的。我以笔谈(因杨老耳聋)表示谢意,接着写道:"但我往往散漫荡开得太多,导致写得篇幅太长。"杨老马上连声说:"不长,不长,正要如此。"又关于我总是脱不了引书太多的文抄公习气,他也表示嘉许,说我是将植物史和散文很好地结合起来(学术与文学相融,杨老以前也表达过类似的谬赏)。

很感谢杨先生的肯定和鼓励,老人一席琐话,解我一番心事,有其"背书",令己振奋而更可乐于此道:不改了,就维持个人面目吧。当然,这是指有所克服、有所克制后不做彻底的改头换面,仍做回自我,如花自开。

这就如有朋友劝我不需改变时说的:"自然而然,就像花草最好的生长方式那样。"人生但求欢愉悦心和随宜遂意,不必勉强自己,就按喜欢的那样写吧。再者,这也正符合"节花"的原意,如开头引张爱玲的话,把文章写得横生枝节、蔓生长条,就当多开一点花。

由此要补充的是,我这些枝枝节节,在围绕节日、花草而旁及文化、民俗与生活时,很多文章还糅杂了这几年读写主题的宋代内容,特别是那批节日花篇,写的时候就有意多引宋朝诗文,多谈宋人节俗,还涉及苏轼、《水浒传》等话题。这些内容,是与我同时另一本书《大宋花事》相呼应的。

还有两个细节也有宋代背景。书名《岁时花事》,以"岁时"为题的古籍,我最喜欢宋人陈元靓的《岁时广记》。而本篇自序之题化用的成语"节上生枝",查《辞海》,出自宋人朱熹的《答吕子约(九月十三日)》,即800多年前如今这样的农历月写的。

自序 节上生花

✿

虽然他的原意是贬义,但正如张爱玲那句话的意思,我们可以将负面化为正面,成就生命的烂漫。花草树木,乃可就此为我们助力。

愿以这些错杂枝节上的纷杂花色,与读者作岁月时光的分享。

> 2024年10月3日,农历九月初一,改前几年的端午、立春笔记而成

目录

001
春节：太平梅事，以娱岁华

✿

009
元宵：头上柳似花，海上柑如梦

✿

019
二月二：龙头牛诞社日，寿花挑菜忘忧

✿

033
三月三：戴柳斗草，纪岁祈年

✿

047
端午：挂草簪花啖果，热烈寂寥红颜

053
六月六：晒天书，栽闲花

061
七夕：凭荷渡银汉，牵牛过鹊桥

071
中秋：苏东坡与张爱玲，月魂与桂魄

079
重阳：陶唱苏和，故人黄花

089
下元：冬日访自力斋楼头种植记

111
鸡报平安，蛋喻丰足，花开欢悦

123
鸡年鸡书鸡肋编

目录

129
八花图·水八仙

141
请婆婆笑纳狗之花

153
枸杞古事

159
韭菜春秋

177
猪年植物志

209
鼠情花,镇瘦草

223
爱花的牛,牵牛的花

245
年光岁华之兔逸龙潜

253
树康花乐草木深

269
后记　感念时光中的花影与人影

春节：太平梅事，以娱岁华

岁时花事

☆

春节,古称元日、元旦等(最初"春节"是指立春,民国后将此名给了农历正月初一,而将"元旦"给了公历1月1日),民间称为过年,是中国人最重视、最盛大的节日。丰富热闹的风俗仪式中,花草也不可或缺,孟元老《东京梦华录》记北宋首都开封的年节,主要街道"皆结彩棚",铺陈出售衣冠、首饰、玩具等,当中就有"花朵"。

在气候暖热、草木繁茂、四季皆花的岭南,鲜花更是春节的重要点缀,形成专门的迎春花市和过年前行花街的特色民俗。花海人潮中,"争掷沈郎钱"(现代粤人张采庵《一丛花·除夕花市》),采购回去摆设的花果,要颜色喜庆、"意头"即兆头吉利:家庭和企业都流行的标配,关于花是红艳灿烂的桃花,取其粤语谐音"大展宏图";关于果是饱满圆润的金橘,广东称为"大橘",谐音大吉。至于我个人,比较偏爱,几乎每年春节都买的,有银柳、杜鹃、勿忘我,以及各色菊花、康乃馨、玫瑰等,以这些花团锦簇随俗同喜,消磨一点锦绣心肠。

广东年花的其他品种,如清代张心泰《粤游小识》记:"每届年暮,广州城内双门底卖吊钟花与水仙成市,如云如霞,大家小户,售供座几,以娱岁华。"(最后这四字隽语我特别喜欢)又如当代冯沛祖《春满花城——广州迎春花市》、谢中元等《行花街》所列举,除上述外,还有兰花(及蕙兰、剑兰、蝴蝶兰)、百合、山

春节：太平梅事，以娱岁华

☆

茶、圣诞红、郁金香、芍药、牡丹……再加上近年大量新引进、新培育的花卉，花花绿绿眼花缭乱，数不胜数，无须细论了。

但在缤纷繁花中，有一种是存在错位的：梅花。这是传统名花"四君子""岁寒三友"之一，乃至号称花魁，历来为人喜爱、歌咏不绝，且正在春节前后开放，所谓报春第一枝（宋人屡作这样的"第一"赞语）；然而，却被岭南人冷落，虽偶有现身花市，唯不为普遍接受，与其地位落差很大。对此，《春满花城》《行花街》二书都做出解释：广东人过年甚少买梅花，是因"梅"与"霉"同音，不符合岭南民间注重意头口彩的世俗风尚——正统文化推崇梅花气节坚贞、凌寒飘香，此间至少是在新年不吃香了。

因粤人的避忌，以及梅花常见于经典文学，总是以傲冰斗雪的形象出现，我以前误将其当作北方植物，但其实梅在南方为多：西南、江南、岭南，广东也属主产区。南粤有不少赏梅胜地，如广州市郊的"萝岗香雪"，乃羊城八景之一；韶关大庾岭（梅岭、梅关古道），更被视为全国梅花祖庭，且梅花在这南北分界线的山岭两边花期迥异，是著名的物候现象，我在两个春节假期分别探访过，分别有文记之，不再重复。而在开写本文前一天，去了本地的古梅园，那里数百棵青梅白花盛开，或繁或简的枝条，冷艳而又灿烂的花朵，令人赞叹。其所在的麻涌据说曾为有名的"古梅乡"，来历相传是宋代立村之初，先人遍栽梅花（见2012版《东莞市麻涌镇志》),故那个农业园上接古韵取此名字。这类似于梅州、梅县,乃广东历史上因盛产梅花而留下相关地名的例证。当然,这只是它们得名由来的其中一个说法,甚至是有争议的(见张振江等《麻涌民俗志:岭南水乡社会研究》),但古梅乡的起源置于宋朝,却另有一点意味。

因为,梅从先秦进入国人生活领域,最先是取其果之酸作调味,相当于后来的醋;汉代开始观赏其花,从果梅中分出花梅;两晋、南北朝至隋、唐,梅花常见栽培,诗人吟咏亦越来越盛;但到了宋,才真正迎来赏梅、艺梅的高潮:"中国梅花文化发展的一个集大成时期是宋代,可以说没有任何一个朝代像宋代那样对梅痴迷。"花卉诗词中,梅花作品数量名列前茅,被誉为"宋朝百花之首",还留下世界上第一部梅花专著、范成大的《梅谱》等开创性成果,在育梅品种上也有重大成就。梅花因寒冬早开、笑傲风雪、引领春光,是宋人言志抒情的重要对象,赋予其孤高芳洁的理想品质,即将其人格化(苏轼《红梅三首》提出"梅格"之说),自此,梅花成了国人的一种精神象征。(参见陈俊愉《梅花漫谈》、冯娜《唯有梅花似故人:宋词植物记》、李懿等《宋代民俗诗评注》、林正秋《宋代生活风俗研究》等)

然则,我所看的古梅园梅花,地名可以呼应宋朝背景,是可喜的相宜。下面所谈,也就多举宋代文学的例子。比如,围绕本

春节：太平梅事，以娱岁华

✿

文主题，春节梅花，这一意象较早进入宋人诗词的，有黄履《元日即事·再赋二首》："岭上早梅春已寄。"他在京师新年遥想大庾岭的梅花消息（当地梅花早开，称为天下梅信之先），让我这岭南人感到相宜的可喜。

不过，查宋代蒲积中《古今岁时杂咏》发现，第一个写春节梅花的是唐人，唐太宗李世民，其《元日》诗云："草秀故春色，梅艳昔年妆。"这一代豪雄，对此时此花特别注目，在几首除夕守岁诗亦有出现，如《于太原召侍臣赐宴守岁》："送寒余雪尽，迎岁早梅新。"

北宋，同一题材先有晏殊的元日诗《御阁》："习习条风拂曙来，清香犹绽雪中梅。"而除夕梅花，则可举梅尧臣的《除夕与家人饮》："风开玉砌梅，薰歇金炉草。"这些梅花的背景，开辟盛世的唐太宗是"高轩暖春色"的宫廷气派；富贵雍容的晏殊也类似，是"九重楼阁瑞云生"的升平气象；即使梅尧臣的家庭场景，也不失纷华气息。

到偏安的南宋，落魄布衣、漂泊羁旅的姜夔，笔下也有春节梅花，却是万家欢庆中的孤清，《鹧鸪天·丁巳元日》词云："慵对客，缓开门，梅花闲伴老来身。"如此幽心自守，怪不得能创作出公认的咏梅杰作《暗香》《疏影》。他代表了梅花后来被文人化而突显的、清雅淡泊的气质。另外，宋词还有不少写除夕夜梅花相伴,如薛泳《青玉案·守岁》:"吃果看书只清坐。罪过梅花料理我(幸亏、多谢梅花照顾我)。"这个意境演化得最完美的,要数汪曾祺《岁朝清供》所引两句旧画题诗:"山家除夕无他事,插了梅花便过年",令人回味不已。

"插梅过年"的"插",古代有时还表示插在头上。以梅插鬓,南朝已出现了,宋代此风更盛,苏轼《次韵李公择梅花》的"插花云髻重",《岐亭道上见梅花,戏赠季常》的"行当更向钗头见",我看便是这种景致。再者,和宋朝男人普遍簪花一样,插戴梅的不限于女子(如李清照,极端到戴着梅花入睡,其《菩萨蛮》谓"睡起觉微寒,梅花鬓上残"),这里只举男子的一诗一词一画:酷爱而多写梅花的陆游,就一再自况这样的形象,如《观梅至花泾高端叔解元见寻》的"为言满帽插梅花";有位葛立方,更留下一首专题的《满庭芳·簪梅》;无名氏的《大傩图》里,有几个男人帽插梅花。(大傩是人们装扮歌舞、驱瘟辟疫的古俗,《东京梦华录》记宋代除夕有此官方仪式。)说这个话题的重点在于,按照贾玺增《四季花与节令物:中国古人头上的一年风景》介绍,由此还发展出春节簪梅的风俗,明代唐伯虎《岁朝》诗云:"鬓插梅花人蹴鞠。"(以上另还参考黄杰《宋词与民俗》等。)

簪梅也好、春节梅花也好,自然不能少了梅花史的重要人物范成大,他痴迷于搜梅、种梅、咏梅,《梅谱》之外有大量诗词。

春节：太平梅事，以娱岁华

☆

《好事近》，记"的皪岭梅开雪""携手玉人同赏""与折一枝斜戴，衬鬓云梳月"——他为玉人鬓边戴上的，是岭南梅花。而《新岁书怀》则云："岁华书户笔，年例探梅诗。"——他的过年方式，是惯例在书屋以梅诗作新春开笔。

这里的"岁华"是个好词，我在开头已引张心泰的"以娱岁华"。它指时光年华，也指季节岁时，还可指草木。经由网搜，找到韦骧一首《鹊桥仙》，包含了岁华、新春、梅花乃至沈郎的典故："岁华将暮，寒林萧索，极目冻云垂地。官梅忽见一枝芳，便顿觉、新春情味。小筵开处，歌喉清婉，舞态蹁跹争媚。沈腰潘鬓两休论，共举白、何须惜醉。"

该词说的是严酷寒冬中，独秀的梅花带来振奋的春讯，使人不理会岁月的摧残，欢乐歌酒，共度好年光。意思不算很突出，但应景：本文写至此时，家人说起，今年多地要取消我刚盛赞过的迎春花市了。抗疫形势依然严峻。然正因此，更需要如一枝芳梅般的吉利意头。

前面说过广东人因"霉"之谐音而不待见梅花，我却想起周晨等编并寄赠的《梅事儿》，这本探梅雅集的小书，也是玩谐音梗，"没事儿"，很可借鉴。重新打开该书，才由里面的笔记发现，整整一年前，从小寒起，自己经营过小小的书屋暖意：挂起梁基永和杨运所赐梅花书画，览读《唯有梅花似故人》、宋伯仁《梅花

岁时花事

✿

喜神谱》(出自宋朝的第一本梅花图谱),以及《梅事儿》,再加上其他一些朋友的书法、报刊的作品,是围绕梅花的新年迎春之乐。当时,疫情还未铺开冲击整个社会,改变我们生活,现在回看那番自家梅事,真有隔世之慨。

缘此,遂以"太平梅事"("没事""美事")为题,作为吉祥祝祷吧:祈愿簪插梅花,安度岁华,驱除厉疫,重现美好——用缩简拼音打"梅花",首先弹出的,总是"美好"。

> 2021年1月5日小寒—1月12日、农历冬月最后一天

> 后记:这两个日期,正好都是一年前书屋梅韵自娱的日子,可寓示重新接上纷扰之前的"太平梅事",一如蒋捷《昭君怨·卖花人》写的清平花事:"担子挑春虽小,白白红红都好。卖过巷东家、巷西家。帘外一声声叫,帘里鸦鬟入报,问道'买梅花?买桃花?'"——虽然大型花市暂停,但这样民间贩售的祥和年景,有望仍可保存而继续营造欢快春光。

元宵:头上柳似花,海上柑如梦

岁时花事

✿

正月十五元宵，与春节时间相近，是广义过年的一部分（传统民间，年至此才算过完），但两个节日的内涵意味有点不同：春节多少带有敬神祭祖的端严意义，元宵节则普天同庆纯粹放松，古人张灯结彩，游乐达旦，卸下管束，尽情欢闹，呈现人性自由的一面，是一个"狂欢节"（参见法国谢和耐《蒙元入侵前夜的中国日常生活》）。

作为新年第一个月圆夜，元宵节又称上元、元夕、灯夕——最后这名字，缘于元宵节景物以花灯为代表，赏灯夜游是人们的主要活动。此风至少起自汉代，到隋、唐大盛，并从以前的佛道礼仪转为官方法定的娱乐喜庆。宋朝更上一层楼，元宵在诸节日中最为热闹鼎沸，很能反映宋代文化的大众广泛参与之风尚。

花灯，是指很多元宵节灯饰做成花的形状，争奇斗巧，比真花还夺目。故唐代王维《同比部杨员外十五夜游有怀静者季》说："共道春灯胜百花。"但北宋孟元老《东京梦华录》记元宵则排比而云："华灯宝炬，月色花光。"可见人间繁华，华灯之外始终有花木凑趣。

这时节的植物，以梅、柳为主，唐代皮日休《奉酬鲁望惜春见寄》写元宵："梅片尽飘轻粉䉶，柳芽初吐烂金醅。"北宋司马光专门有诗《和上元日游南园赏梅花》，唐代欧阳修的《生查子·元夕》更脍炙人口："月上柳梢头，人约黄昏后。"——平时少有机

元宵：头上柳似花，海上柑如梦

✿

会出门的女子，因元宵开禁而得以在柳树下生发或欢或悲的浪漫情事，正属元宵节的狂欢自由内涵。这元宵柳树，除了掩映情人，也指向神灵，隋杜公瞻为南朝梁宗懔《荆楚岁时记》作的注说，正月十五祭门神，"其法先以杨枝（柳枝）插于左右门上，随杨枝所指"的方向来设祭。

不过，比插在门上的真柳更显眼的，是插在头上的人造雪柳、玉梅——宋朝流行的妇女元宵头饰。以几首宋代元宵词为例（据统计，宋词中的节令作品以元宵词最多），晁冲之《传言玉女》，前面写景："柳梢残雪。"后面写人："手捻玉梅低说。"一为真柳，一为假梅。李清照《永遇乐》，上阕"染柳烟浓，吹梅笛怨"，柳是真柳，梅是笛子曲《梅花落》；下阕忆怀北宋灭亡前的汴京元宵盛况，以及自己南渡前的青春时光，有云"铺翠冠儿，捻金雪柳"，那是原本用素绢或白纸所扎的假柳，再以金丝捻成，突出昔年的美好浮华，对比眼下易代流离、国破人老的憔悴。辛弃疾名作《青玉案·元夕》，在"众里寻他千百度，蓦然回首"之前，写那人"蛾儿雪柳黄金缕，笑语盈盈暗香去"，更是隆重到将三种同类首饰都簪在一起。

这样的应景饰物还有很多，周密《武林旧事》记："元夕节物，妇人皆戴珠翠、闹蛾、玉梅、雪柳……"接着又说，"而衣多尚白，盖月下所宜也。"在元宵月色下的宋朝夜游人群中，白衣能醒

岁时花事

目吸睛。同理，玉梅、雪柳也采用白色的罗、绢等剪制成梅、柳状，是戴在头上的像生花——古代花卉文化中，真花叫"生花"，人工仿制的假花则称为"像生花"，它的历史就像元宵灯会，从汉代开始，至隋唐大行其道，到宋代因花卉产业和工艺技术的兴旺发展而至为鼎盛（参见贾玺增《四季花与节令物：中国古人头上的一年风景》）。

这些玉梅雪柳与元宵灯饰的争辉，可举《大宋宣和遗事》，记宋徽宗时（宣和乃其年号），东京元宵的"鳌山"等巨型灯饰，是用大量各种款式彩灯扎成形状如鳌的华丽灯山，中间立牌，写着金色大字："宣和彩山，与民同乐。"——"京师民有似云浪，尽头上戴着玉梅雪柳闹蛾儿，直到鳌山下看灯。"

《大宋宣和遗事》有宋江资料，是水浒故事的最初面貌，下面再引《水浒传》。它虽为元末明初经施耐庵等才成型的小说，但生动细致地呈现了宋朝的节俗风情，尤以元宵为最：结合各个阶段的情节，多次叙述花灯从筹备到展示、从小镇到巨邑、从处处鳌山到家家灯棚的辉煌，以及从歌舞表演到烟火花炮、从月色到游人、从市面到宫廷的热闹（参见魏泉琪《水浒名物考》、王洪涛《〈水浒传〉镜像下的民俗文化研究》等）。这里只举与簪花有关的细节。

第三十三回，讲边远的清风镇，"宋江夜看小鳌山"，只

元宵：头上柳似花，海上柑如梦

☆

见"上面结彩悬花"，当中有"玉梅灯"，又有"雪柳争辉"。第六十六回，讲大城市大名府，"时迁火烧翠云楼"，他是乔装成卖应节首饰的小贩，"篮儿上插几朵闹蛾儿"。前面也提到此物，与雪柳、玉梅一样，乃丝绸或纸剪成蛾蝶状的元宵首饰。第七十二回，讲首都东京，宋江率部前往赏灯，是梁山好汉排座次后第一次出山行动。先由柴进、燕青入城探路，他们发现出入皇宫的官吏，"幞头边各簪翠叶花一朵"。经打听，原来宋徽宗庆元宵期间，对值班跟随的数千侍从都赏赐锦衣、翠叶金花，以及一面刻着"与民同乐"的金牌，作为进出大内的凭证。两人盗得这些物品，顺利潜入"丝丝绿柳拂飞甍"的宫城内苑，是为"柴进簪花入禁苑"。

此事背景，是宋代花卉文化风尚下的官方制度：每逢重要节日，重大典礼、宴席，以及皇帝出行等，天子带头，文武群臣和卫士、仪仗、吏卒都须簪花（按等级由皇帝赐予不同品种、数量），如此皇家头花礼仪，堪称顶上花事风流。王利器校注的《水浒全传校注》就此引用大量宋朝的史书、笔记、诗文为证，当中有两种，可以展开谈谈。

一是蔡絛（《水浒传》中的大奸臣蔡京之子）的《铁围山丛谈》。恰在本文准备期间，购得今年首批"宋书"——新年延续去岁，仍以宋代为读写主题，此可视为工作依然繁重而导致的延

岁时花事

✿

搁（不再像前两年那样用一年时间集中一个朝代），也正反映大宋赫赫，即使自己感兴趣的小范围也非一岁可毕而需延长——其中这本，有几则相关记载：

"国朝（宋朝）上元节烧灯盛于前代。"以往元宵灯节为期三夜，到北宋增至五夜，因"太祖以年丰时平，使士民纵乐"，汴京的"彩山"（鳌山），花样精美，有前述"与民同乐"同类字样的金匾（这四字是宋代元宵的标配文宣）。皇上与妃嫔"御楼观灯"，下方即为游乐群众，因这样的近距离还闹出过有人指骂宋徽宗的治安案件。

又："国朝宴集，赐臣僚花有三品。"皇帝生辰的大宴，如有辽国使者参加，赐给众臣簪戴的是绢帛制的花，以在外人面前表示节俭；春秋两季宴会，则用罗帛制的花，"为甚美丽"；而"上元节游春"等场合，用的是极其珍贵的"滴粉缕金花"——这也见出对元宵的重视。

二是刘昌诗的《芦浦笔记》，收有一组上元词《鹧鸪天》，忆述宋徽宗年间汴京的末世繁盛，其中一首写皇宫的《鹧鸪天·玉座临轩宴近臣》："花似海，月如盆，不任宣劝醉醺醺。岂知头上宫花重，贪爱传柑遗细君。"——王利器的水浒注释，是以"头上宫花重"反映皇帝赐臣子戴花，恰巧我以前写的《笔记之笔记》也采用过这个例子，但在簪花之外，更留意后一句的好玩情景：

元宵：头上柳似花，海上柑如梦

☆

有人贪爱御宴中的柑子，想要给妻妾（细君）尝尝，就偷偷藏在头上的宫花里，沉甸甸地顶着带回家——很可爱的温情。

"传柑"，是宋代元宵宫廷宴会的风习，带回去给妻子分享也早有典故了，我那旧文记苏轼《上元侍饮楼上三首呈同列·其三》诗云："归来一盏残灯在，犹有传柑遗细君。"东坡自注曰："侍饮楼上，则贵戚争以黄柑遗近臣，谓之传柑。"如今发现，苏东坡多次写过此物，且与其他人一起，为这元宵果品注入了身世乃至国运的感慨。

陈元靓《岁时广记》，有载元宵节街市所售，"以永嘉柑实为上味"，此外还有绿橘、金柑等；又专门"传黄柑"条，记此宫廷节俗，所举例都出自苏轼，共三首诗一首词。除了上面那首，特别值得一说的是《上元夜赴儋守召，独坐有感》。

如诗题所示，苏轼写的是被贬海南岛儋州的一个元宵夜，伴随的儿子苏过被太守召去，自己独坐陋室过节的孤寂情形，结句云："搔首凄凉十年事，传柑归遗满朝衣。"对应的就是那组"上元侍饮楼上"。当时（"十年"是泛语，实为五年前），他在京身居要位，春风得意，该诗乃侍从天子观灯饮宴所作，现在由皇宫御楼跌落天涯海角，不禁回首凄然。按：苏东坡之前在惠州已有《上元夜》诗，记述往年元宵的风光，对比贬谪岭南的寂寥，首句"前年侍玉辇"说的也是他念念不忘的那次"上元侍饮"。想不到后来又再被远逐至海南,遂拈出"传柑"的往事,更凸显落差中的感伤。不过,以东坡之豁达,他很快便看开了,"独坐有感"的次年元宵,他有《儋耳夜书》记在儋州陋市欣然夜游,"放杖而笑",放下了得失。

宋人诗词爱用"传柑"之典,再选几首与本文其他意象一起出现的。胡仲弓《上元观灯》:"月挂墙头杨柳枝……他年同侍传柑宴。"连仲宣《念奴娇》:"暗黄著柳……鳌山彩结……传柑宴罢。"洪皓《蓦山溪·和赵粹文元宵》:"簪花赴。传柑处。"赵秋晓《烛影摇红·县厅壁灯》:"花市人如织……玉梅娇、闹蛾无力……传柑相遗。"

这位赵秋晓,是在岭南为官的宋朝宗室,后隐居东莞。当南宋末代小皇帝流亡广东海上时,他曾参与莞邑的兴兵勤王和文天祥的抗元斗争。不过,该词乃尚未国破前所作(参考清陈伯陶纂《宋东莞遗民录》),故还有"太平歌舞醉东风"的气象,和期待"明年今夕",仿佛好景可以长存之语,谁料顷刻间江山崩溃。而那个柑子,则传到另一个遗民刘辰翁的词中。

刘辰翁是元宵词作者之冠,共写过十六首。元宵盛况,往往成为后人对前代的追怀寄托,李清照、刘昌诗怀念的是北宋,刘辰翁追念的是南宋,他身历沧丧,"对于故国元宵佳节的追忆,便成了他对故国眷念的一种方式"(黄杰《宋词与民俗》)。以元宵

元宵：头上柳似花，海上柑如梦

✿

词记旧时繁丽，寓身世之悲、兴亡之感，其中的《青玉案·用辛稼轩元夕韵》，是次韵辛弃疾那首名作，有句云："天涯客鬓愁成缕，海上传柑梦中去。"易蓉等《宋代节序词研究与欣赏》的注释，先谈上元夜传柑的来历（不过其误引《荆楚岁时记》，该书并没载此典），然后指出这句词的背景：南宋首都临安被元军攻占后，小皇帝赵昺等逃亡南方，最后至广东海边的崖山，次年元宵在此度过，亦当依例传柑；但不久小朝廷败灭，此美谈亦如梦逝去了。

如此，刘辰翁是借那柑子感国忧时，抒写丧乱沦亡之痛。往昔元宵的升平场景、宫廷欢宴的传柑，变成茫茫大海的仅存硕果，又旋即在惊涛骇浪中流落漂走。苏轼也曾在海岛怅忆传柑，但他的个人命运遭际，比起大宋的悲壮倾覆，就远非道里可计了。

我2020年10月往崖山寻古，就为了看看宋朝正式覆亡之处。元灭南宋过程中，宋大臣携小皇子南下，经海路辗转多地，留下很多风雨飘摇中的凄风苦雨事迹，最后落脚点崖山一带，更属惊心动魄、可歌可泣。我看了一些古迹，尤其面对崖门海面，那是南宋末代海上行宫的千艘舰只尽被歼，十万君臣军民同浮尸的一片汪洋，赫赫造极而又积弱的大宋至此惨烈覆灭，不能不想到清吴趼人写这段故事的书名：此实为中华文明的"痛史"。

崖山所属的江门新会，有著名特产"新会陈皮"，是以柑橘之皮晒制而成。那里到处都是摊档店铺专售此物，还见到妇人现剥黄柑，扔掉果肉，留下果皮晾晒满地的壮观景象，并品尝了全部菜式皆以陈皮入馔的陈皮宴。然而，人们不会想到，那柑子曾是一个盛世兼乱世的象征——南宋小朝廷在此最后一次元宵传柑，用的应即当地盛产的柑橘，现在主销的陈皮之前身。

繁华旧事如春梦，罢了，我们只品尝柑子的甘甜，咀嚼旧时元宵的一丝风味；品赏陈皮的陈香，回味宋代相系的一缕光华吧。

2021年1月27日、腊月十五正式起笔；1月31日、苏轼农历生日完稿；2月2日、立春前日修订毕

二月二：龙头牛诞社日，寿花挑菜忘忧

岁时花事

☆

这个题目,堆砌了多种元素,因为农历二月二,是汇集各种节庆于一身的好日子。

龙头,"二月二龙抬头",是最多人知道的此日佳话。新得的顾文豪《风物正闲美——风土小品赏读》,压轴篇选了徐珂《清稗类钞》的相关记载,并介绍那句民谚的意思,据说冬眠的龙在二月二被春雷唤醒,抬头而起,预示万物复苏,一年农事随之开始,称为龙头节;大约自唐朝起,就有过二月二的习俗。

"龙抬头"还有天文学的解释,指有关星象随春季而变换。至于那民间传说,是因神话中龙主雨,龙抬头意味雨水增多,便于农事。在这春耕之始时节,人们敬龙祈雨,是为祝祷丰年。不过,据殷登国《岁时佳节记趣》指出,"龙抬头"一词最早见于明人刘侗《帝京景物略》(网上也有说始见于元人熊梦祥《析津志》),总之这名称不算很古老。

牛诞,是恰巧在本文搜集整理资料期间,读到《羊城晚报》刊登的周建华《二月初二春牛诞》,记粤西乡下以二月二为牛的生日,农家会喂牛吃顿好的,因为过了这天,牛就要下田开始新一年劳作;人们也会饮酒欢聚,庆祝春牛诞。虽然这只是小范围的地方说法,但今年(2021年)是牛年,喜可为二月二的众多意义又添一笔。

社日,则更古老、更有普遍意义。社的本意之一是土地神,

二月二：龙头牛诞社日，寿花挑菜忘忧

☆

古人订立春秋两个社日，以村为单位（社的另一原意）祭祀，祈求丰收，同时乡邻会聚宴饮，颇隆重热闹。其中，以立春后第五个戊日为春社，每年日期不同（类似海明威那本巴黎回忆录的书名，是《流动的圣节》）；有些地方就将土地公的诞辰二月二，固定为春社之日，成为开春耕、祭土地的农事节。

就此我曾写有旧文《好春佳日：二月二·三月三》，近读清代尚秉和《历代社会风俗事物考》，可转引略作补充：上古周代，春秋二社日是农忙前后的祭祀和娱乐之节，"椎牛宰羊，里人尽出，祭罢而分其肉（按：至今吾邑乡村仍有在祠堂祭祀后分食的'太公分猪肉'之谓），则社日之不治事，酒食宴乐，手舞足蹈可知矣"。战国，"仍以社腊为唯一节令"。唐宋社日，依然是"箫鼓饮宴之盛况"。但随后，尚秉和感慨道，上古诸节中，"独社日自三代迄南宋，数千年间，行之不替，在中国历史上可谓最古最普遍之佳节。乃自元朝以后，此风顿已"。他推测原因是："必因社日全国鼎沸，箫鼓喧填"，蒙古统治者恐民众借此聚集和掩护而起事，所以严加制止，禁之既久，后人遂忘记这个汉族传统节日，"于是以数千年之故俗，竟尔革除，可不悲哉，可不痛哉"。

不过，李懿等《宋代节令诗研究》引述研究成果，客观地指出，社日的衰颓是有村社功能与宗族制度发生变化等多种更大背景的。该书专论这个"农家狂欢节"，说社日是"最能体现（宋代）

岁时花事

☆

乡村娱乐生活与农家精神风貌的盛大节令"。有别于元宵节、七夕节等主要流行于城市的热闹节庆。

社日祭土地,后来还加入祭谷神(合称"社稷",成为国家的代称)。我的《好春佳日》旧文还记,那年二月二去参加了本邑东坑镇的卖身节、泼水节(分别有农活和祈雨的古意);以及二月二又有小孩读书"占鳌头"之说。另,这春耕节同时是春游的踏青节(古代踏青日期因地因时而异,一般多为清明,但明冯应京《月令广义》记闽粤、元费著《岁华纪丽谱》记四川均以二月二为踏青节,更早的宋代王炎词《江城子·癸酉春社》也说春社之时乃"踏青时")。然而,所有这些,都不如花朝让我最早留意、欢喜关注。

花朝节,如苏曼殊《花朝》诗谓:"百花生日在今朝。"春暖花开,人们赏花欢庆,为花祝寿。因各代风尚不同、各地花季不一,日期有多个,主要是二月二、二月十二、二月十五这三天。关于该节日,我在本文写成的今天二月二,购得《花朝节与落花意象的文学研究》一书,里面凌帆的《花朝节文学与文化研究》,是对此节的首次系统专论,当即对花色鸟语喜读之,将其一些要点插录于此:

花朝节起源,有"护花说""花神诞辰说""佛教说""植物崇拜说"等,作者认为各有不足,推断最早应是踏春游赏的节

二月二：龙头牛诞社日，寿花挑菜忘忧

✿

日。"花朝"一词在南朝作品中已出现，唐代应用渐频繁，但未形成固定节日，诗文中没有提到花朝节（不过她又矛盾地引用有关史料，指出过花朝节的习俗在唐代已经流行）。直到南宋末，"花朝"一词作为节日才开始大量出现，如吴自牧《梦粱录》："仲春十五日为花朝节，浙间风俗，以为春序正中，百花争放之时，最堪游赏。"则花朝节的正式确立不晚于南宋中期，且仍以游玩赏春为主，应合该节最初的内涵。后来渐渐演变，加入作为百花生日的祭祀花神、雅集唱酬，以及劝农等习俗。花朝多个日期中的二月二，作者说是与社日、中和节等相互融合的节日，习俗也相混；以及继承唐代传统，以洛阳牡丹开花日期为花朝。该著还有其他丰富内容，颇可赞其梳理研究之功；但只是一家之言，下面继续按我的思路和别家资料谈下去时，会有不同的意见。

古人花朝节要用红布条、红纸系在花枝上，给百花祝诞庆生；历年的几个花朝，我一般都会看花、买书（特别是植物书），来作私下的寿花小仪式。如大前年的二月二，购得花书三种，在去两处农场赏花后，坐于自家花木前，启览静享，益增酬畅遣兴。

一本是周瘦鹃的《人间花木》，重读了当中的《百花生日》，20多年前就是由该文首次获得花朝的较全面知识。其开篇先讲百花生日三个日期，二月二为宋代洛阳之俗，恰好我买的另一本正是《洛阳牡丹记（外十三种）》，汇集了欧阳修《洛阳牡丹记》、

岁时花事

☆

周师厚《洛阳花木记》等宋人花谱。再一本王寒的《江南草木记》,也谈到花朝:"旧时,每到花朝节,花农要晾晒百花种子。"

花朝与社日、龙头节、春牛诞一样,都有农事背景,皆源于二月二是古代春耕开始之日(另凌帆指出,因花朝被视为花神生日,而花神还管花卉之外的所有植物,包括庄稼果蔬,故农人也祀奉之)。从前是日官方要祈农劝农,近年有次花朝在朋友圈发帖,老友跟帖告知宋朝的定制:"宋条制,守土官于花朝日出郊劝农。"(《月令辑要》)

这种农事,除了田耕,还体现在挑菜。周瘦鹃《百花生日》谈道:"宋时洛阳风俗以二月二日为花朝节,又为挑菜节……挑菜倒大有可为,如荠菜、马兰头等,都可挑来做菜,鲜嫩可口,不过现在早已没有挑菜节这个名目了。"——花朝探花,我已多次写过,这回想就挑菜多谈几句,因为自己本职就是务农,且喜欢这种观赏之花与食用之菜并存的人生况味。

按照李懿等《宋代民俗诗评注》对张耒《二月二日挑菜节大雨不能出》的注释:挑菜风俗较早见于《荆楚岁时记》,说的是"寒食挑菜";到唐代,日期固定在二月二日,并引唐人的文献,如《翰墨记》:"洛阳风俗,以二月二日为花朝节,士庶游玩,又为挑菜节。"——凌帆对这些史料一时援用一时否定,并指挑菜节与花朝节无关,挑菜不属于花朝节俗,宋代二月二主要流行的

二月二：龙头牛诞社日，荠花挑菜忘忧

☆

不是花朝节而是挑菜节。我对此有所保留，还是依从更普遍的意见。再者，按这一资料的说法，上引周瘦鹃记的宋时说法还可再往前推。

"二月二日新雨晴，草芽菜甲一时生。轻衫细马春年少，十字津头一字行。"白居易这首《二月二日》，写的是唐朝二月二，长安人到曲江挑菜游春的情景。李懿说，到宋代，挑菜与农事有了必然的联系，不像唐代以玩赏因素居多。这并不确切，周密《武林旧事》就记载了二月二的皇室极致玩赏："宫中排办挑菜御宴。先是，内苑预备朱绿花斛，下以罗帛作小卷，书品目于上，系以红丝，上植生菜、荠花诸品。俟宴酬乐作，自中殿以次，各以金篦挑之"，然后按皇后妃嫔、皇子公主等挑得多少，由皇帝作各种名目的赏罚，"用此以资戏笑"。蔬菜由田野所生变为红绿花器所盛，挑菜之物由农具变为金器，还配制了诸多风雅细节。这样的皇宫游戏不无风情，但就不如苏轼的劳作实践了。

苏东坡热爱躬耕，勤于种植（有时是出于对田园生活和美食养生的喜好，有时是出于生活窘迫的现实需要），当中包括蔬菜，他任官和贬谪各地，都或开园种菜，或动手煮食，颇有心得。如被贬黄州，"拄杖闲挑菜"（《雨晴后，步至四望亭下鱼池上，遂自乾明寺前东冈上归二首》其一），另有《元修菜并叙》，反映在东坡种菜之乐上（就是因这块东坡之地，他才取了流传后世的东

岁时花事

✿

坡之号)。后贬惠州,有《雨后行菜圃》《撷菜并引》等对蔬菜和烹饪的具体描述,从中寄寓青菜般清淡自足的情怀(对此,他还写下《东坡羹颂并引》《菜羹赋并叙》,一再介绍这种不加调味、肉类的"自然之味"煮菜法,自命名为"东坡羹")。另有《新年五首》其一,云"水生挑菜渚"。此诗为正月初七人日背景,反映当时广东可能在新年人日期间挑菜。

不言"挑"的挖野菜,苏轼在凤翔写过《次韵子由种菜久旱不生》,记新春时节,天旱无雨,园中蔬菜没有收成,遂"时绕麦田求野荠",即去采野荠菜。(在该诗中,初入仕途的他已经表达了"园无雨润何须叹,身与时违合退耕"的心情。)

挑荠菜,如周瘦鹃所记,是当代江南民间仍流传的春日风俗(虽然已非专门的二月二节俗)。近读朋友圈中刘根勤《挑荠菜》一文,让我对挑菜之"挑"有了具体认识:他记儿时去挑荠菜、马兰头等野菜,是用小铲锹,但为何说"挑"而不说"挖":挖是"一个平面侧着下去,整个掀起";挑,是以锐物"点上用力","比挖字似乎更富有细节之美"。

我之二月二不是与花,而与菜结缘,最突出是在去年。那个初春乃疫情防控紧张时期,涉及农业的一项特殊任务,是因本邑为高度工业化城市,农产品大部分从外市调入,面对疫情背景下的运输、调配等严峻形势,要想方设法进一步打通和拓展渠道,

二月二：龙头牛诞社日，寿花挑菜忘忧

☆

也要加强本土蔬菜种植，以确保供应。其中一次为此下乡（还为春耕生产等），恰好就在二月二。田头工作之余，看青绿菜地中，油菜花、生菜等茁壮喜人，农民夫妇摘菜拣葱的情景慰人，并发现茼蒿菜的花居然如菊花一样漂亮。此乃百忙重压中的一点欣悦，二月二的农事元素也与自己的现实身份有了真切关联。后来，我将这情景发朋友圈，老友跟帖宋代史达祖一首以挑菜回忆旧侣的《夜行船》，则暗合我的笔名身份："白发潘郎宽沈带……常记故园挑菜。"

二月二还有一个元素，是最近新认识的"迎富"。正如凌帆的书中所言，二月二同相近的其他节日有密切联系。那就上溯一下：首先二月初一，唐朝创设为中和节，规定百官要进农书，民间则以青囊盛百谷果实相赠，以及祭神祈丰收。再往前，即本文起笔的正月最后一天晦日，在古代也是重要节庆，人们泛舟宴乐，女子到河边洗涤衣裙以消灾解厄（南朝梁宗懔撰、隋代杜公瞻注《荆楚岁时记》）；更是送穷之日，以柳枝结为车，以草扎成船（唐代韩愈《送穷文》有记），然后焚烧之，寓意让穷神坐着远去不再来。

承接送穷，二月二便是迎富。王弘力《古代风俗百图》引有关史料，记从秦代到唐宋皆于二月二有此俗，其中宋魏了翁《二月二日遂宁北郭迎富故事》诗云："才过结柳送贫日，又见簪花迎

岁时花事

✿

富时。"王弘力自己写的迎富诗:"古人采蓬携鼓游,今朝杂花插满头。相随郊外游一日,迎富即是忘忧愁。"按:采蓬叶迎富、戴蓬草辟头风,也是二月二风俗,见唐代韩鄂《岁华纪丽》、黄永川《中国古典节序插花》。但王氏书中画的迎富图,却更突出郊游作乐的男女头上都插着花朵,可见二月二亦是簪花文化的节令。

不过,令我最触动的是那句"迎富即是忘忧愁",因为有一回二月二,我是在沉重忧伤中度过的。那是2017年,新历亦为二月,母亲刚去世几天,在操持她的身后事之余,与新书《笔花砚草集》的编辑于欣遥谈,得其好话安慰和支持同意,让我在书稿后记加上两段话以示悼念。当晚即写好,因应原后记谈到的百合恰为西方母亲神象征,补记中土的母亲之花萱草,以此花朝谈花,作为对亡母的祭献。传统文化中,萱草在承担母亲代称之前,最先代表的是忘忧,又名忘忧草,我选择写它,也有为自己疗愁之意。

萱草中的一种金针菜,即黄花菜,是蔬菜,我后来扩充写成专文《母亲的中西植物象征》,即由此谈起。但无论菜还是花都非二月二应节,倒是另有一种忘忧而又时令之物可说说。

先插叙一下岭南花朝之花。清代屈大均的《广东新语》记南粤"花不应候","花到岭南无月令","不可以时序限之"。因广东接近热带的气候水土,不能按源起于中原的节气物候去衡量,

二月二：龙头牛诞社日，寿花挑菜忘忧

☆

比如："岭南花大抵盛于秋冬，至初春已尽。花朝时，但有绿叶及结子青青而已。"他的《广州花朝》六首其一亦云："花朝花已尽。"不过，这说法虽总体正确但过于绝对了，此时岭南还是有不少绚丽花色的，如屈大均自己在其他花朝诗作提到的木棉、杜鹃等。

恰好今天这个二月二，我还另购得广东画家陈永锵的《静与花亲》，也有二者的诗文，可转录略见花状（写的都是公历3月这时节）：咏木棉，"十丈红棉十万花"，"顶天立地自成姿"。"雄，万炬朱英逐朔风。人间暖，朵落响洪钟。"（最后一句是指，英雄花木棉除了树形、花色颇具男儿气，连落花也不凋残，而是硕大的整朵坠下，啪啪响亮。）写杜鹃："漫把红缨镶在锷，装点崇山秀壑。"他曾在"杜鹃花辉煌得出了名"的南海西樵山，"攀上危崖险壁采来一束血红的山杜鹃"。（我十来年前也在春日探访过此山的杜鹃，有旧文记之。）

而现在由二月二的"迎富忘忧"和忘忧草萱草，想到的则是花朝时期的无忧花。

大前年的农历二月十五花朝，我往广州踏青，游览了南海神庙（又称波罗庙）。这里曾是珠江入海口，有我国古代海神庙的唯一完整遗存，祭祀南海神祝融，农历二月十三举办"波罗诞"，是庆祝祝融诞辰的盛大赛会。还结合花朝节活动，介绍牌上说岭南何时起盛行花朝不可考，但波罗诞与花朝节有关联的明确记载

岁时花事

✿

是清代崔弼《波罗外纪》(所引其文谓"红粉村姑,山花插鬓",则南粤花朝亦簪花)。

我观赏了种种古迹,包括旧羊城八景之一、也曾是苏轼登临赋诗的浴日亭等,还看了该庙得名的波罗蜜树(相传由波罗国使者携来种子,首栽于此,乃广州古代海上交通发达、海外贸易繁盛的见证),还遇到同属西南亚背景的无忧花。这种花开金灼灼的佛树,我早已注目,前几年就写过一篇《金花无忧》详记。但在波罗庙看到另有意义,因随后故人告知,其当年正是在此结识了无忧树。

无忧树,按照十多年前一个二月二买的郑万钧主编《中国树木志》记载,是苏木科焰火树族高大乔木,产于热带亚洲;伞房花序,花密生,黄色、橙黄或绯红色,美丽可供观赏,花期一至五月。这花期随各地气候不同,就在本文起笔之日,《羊城晚报》报道:"广州怒放无忧花,本月观赏效果佳。"珠三角如本邑,无忧花也已开得很盛,浓绿枝叶间,簇簇金花密集成球,如喷如燃,煞是喜人,不愧无忧之名——"花色明艳,看着确实有欣欣的喜,活泼泼的生命,总是叫人忘忧呢。"(广州市林业和园林局编著《广州·花时间》。史丹妮等撰文的该书无忧花一节,就是专门谈南海神庙和波罗诞的这花树,介绍了此"明媚花云"的来历。)

无忧树也跟母爱有关(传说佛陀出生于母亲欲摘此花之时),

二月二:龙头牛诞社日,寿花挑菜忘忧

✿

然而,它花型之蓬勃大气,花色之金贵耀目,能令人见之生庄重的欢心。王弘力那句诗真好:"迎富即是忘忧愁。"富贵岂易迎得,无忧已是富足。至于或生或死的亲情聚散,更属宿命的难求难定,那么,在相守时欢娱,在想念中忘忧,才是更实在的选择。而忘忧包括:好好欣赏些春日花木,并像二月二这日子汇集诸种风味那样,给自己的生活多添些情味意味吧!这样的祛除忧愁之法,说起来有点无奈,却也有点大自在的欣然呢。

> 2021年3月12日植树节、辛丑年正月晦日起笔,跨二月初一中和节,3月14日二月二完稿。此时楼下木棉、杜鹃大盛,尤其前者,红艳耀目,染遍书窗,鸟鸣枝间;是日在城中幽静小山踏青看花后撰毕。
>
> 3月25日,第二、第三个花朝之间的农历二月十三祝融诞补订。近日恰巧购得崔弼的《波罗外纪》,这本南海神庙史料的集大成之著除可补上文外,还多收此地木棉的记载吟咏,从中发现好些木棉花痕源于该庙。如转引屈大均《广东新语》,称这里的木棉"最古",祝融生日时盛放,是"光气

熊熊，映颜面如赭"的"烽火树"（按：正好对应祝融的另一身份火神），他对木棉的经典比喻"十丈珊瑚"乃出于此。又如我前年（2019年）3月花朝期间写周瘦鹃书话《此日花朝分外浓》，略考得清梁佩兰的"挺如节烈正士生成人"，是较早将木棉比作烈士的，其诗即《南海神庙古木棉花歌》。再如日前收到戴新伟兄赐书清宋湘《木棉花二首》之一，"丹魂拍拍气熊熊，倔强虬龙烛烧空"云云，读此书方知背景原来也是南海神庙。当时我曾在庙中看过那些历来传颂的木棉古树，现于窗外木棉的尾声落花中，喜可补此一笔

三月三:戴柳斗草,纪岁祈年

岁时花事

✿

二月二、三月三、五月五、六月六、七月七、九月九——我这系列写十个节日，超过一半是月日叠数的。宋兆麟等著《中国古代节日文化》说，它们只是源于"月日复数的阴阳组合"，即这些节日不像其他的有天文历法、生产生活等切实依据，除了宗教的神秘因素（道教阴阳信仰，以月日复数为吉利象征），其实就是数字相同重叠的好玩。这当中，我觉得"三月三"仅字面就特别动人，天然有一种轻俏鲜妍、丰盈清美的可爱情味。

关于三月三上巳节，我以前写《好春佳日：二月二·三月三》等已介绍过，现再据新买的《中国古代节日文化》和乔继堂等编《中国岁时节令辞典》，作一点提要补充：

远古先民在春天"巳"这时节，到河溪沐浴以消灾避邪，称为祓禊。最初乃巫教祈求生育的仪式，"是巫医用水疗法治愈妇女不育症的基本方式，名曰洁身洗垢，实为驱鬼求育"。由此衍生出野合之风，"会男女"甚至成为官方规定，同样发端于祈求人丁兴旺的原始信仰，故又称为求偶节。其起源可追溯到周代，《周礼》记载了女巫执掌的祓除沐浴，汉代郑玄的注指出是在农历三月上巳（上旬第一个巳日）。魏晋时，将上巳节日期固定在三月三，亦称修禊日，但原本的宗教活动发展为文娱活动，消除了求子的迷信色彩，只保留以新洁春水涤垢去病、祓除不祥之说，变成以曲水流觞、郊游饮宴为主的欢乐节日，"极视听之娱"（东晋

三月三：戴柳斗草，纪岁祈年

✿

王羲之《兰亭集序》）。到唐宋，因几个节日时间相近，游春的内容相同，上巳的踏青节等风俗被合并到寒食、清明，嬉游之况更盛。（明清以后，上巳作为节日淡出，但遗风隐约保留。如多处少数民族地区至今仍流行过三月三，虽然已加入各自的其他传说和仪式，但可谓"礼失求诸野"，参见李明天等编《海南椰文化·民俗三月三》。又如据杨宝霖先生说，老东莞人遇到不吉利的事会说一句口头禅"叿除"，就是祈福消灾的"祓除"保存在吾邑土语中。）

这一古代隆重节日的最早著名吟咏是《诗经·郑风·溱洧》，其即上述野合会男女的背景，大意是：溱、洧两条河，春水涣涣，青年男女手持着"萠"游玩。女子撩对方："去看看热闹吧。"男子说："已经看过了。"女子又说："再一起去呗。"在这样的说笑互撩中，相赠"勺药"。人们对此诗的解说有很多，这里选录一旧二新几本书，关于其内容、植物和写作手法的意见：

一是十多年前的一个三月三，刚好购得迟文浚主编的《诗经百科辞典》，解析说这是描写上巳时男女聚会的盛况与欢乐之诗，宛如一幅春秋时的风俗画。引朱熹《诗集传》："三月上巳之辰，采兰水上，以祓除不祥。……士女相与戏谑，且以勺药相赠，而结恩情之厚也。"又："勺药，亦香草也，三月开花，芳色可爱。"另"萠"，引明代李时珍《本草纲目》等说，是一种水边兰草（不是后来才兴起的兰花)。

二是撰此文前后买到的李文军等著《诗经中的植物》和高明乾等著《诗经动植物图说》,前者指出兰草和芍药是全诗的两个支点,凭借它们,"作品完成了从风俗到爱情的转换,从自然界的春天到人生的青春的转换"。后者也谈到,诗从"蕳"转向"勺药","佩兰的淡出、芍药的淡入,表示爱情的达成,'勺药'有约定的含义"。

这两种经典的上巳植物,兰草,清代孔尚任《节序同风录》说山东一带三月三仍会"士女采兰为佩,或戴之帽檐鬓边"。(这也可见上巳节有簪花的传统,宋代刘克庄《上巳》亦云:"暮归尚有清狂态,乱插山花满角巾。"江浙等地则以三月三为荠菜花生日,男女皆簪戴这种野菜花,见明代田汝成《西湖游览志馀》。)至于两情相悦的勺药,一般认为即芍药,也有人说是牡丹,我曾在十余年前三月三游洛阳躬逢牡丹之盛,写过《梦中彩笔衣上香》记此说。

其他上巳草木,如南朝梁萧纲《三月三日率尔成诗》云"采艾亦今朝",我去春写《鼠情花,镇疫草》已谈过三月三(及清明)的艾草、鼠曲草等所制青团。又如苏轼贬谪海南时一首《海南人不作寒食,而以上巳上冢予携一瓢酒寻诸生皆出矣独老符秀才在因与饮至醉符盖儋人之安贫守静者也》,结尾云:"记取城南上巳

三月三：戴柳斗草，纪岁祈年

✿

日,木棉花落刺桐开。"刺桐,在晋代嵇含《南方草木状》的最早记载里,其鲜红繁花已照亮了岭南的上巳:"三月三时,布叶繁密,后有花赤色,间生叶间,旁照他物皆朱殷。"

苏东坡的诗题指两广一带有的地方不是寒食上坟,而是在上巳,正反映了上巳、寒食、清明的节俗混合——这三个节日,依次后来居上,分别取代前者。清明原为节气,一般认为是因移入了上巳踏青、寒食祭奠等习俗,才在唐朝演变为节日。虽然也有说清明墓祭在先秦已存在,但有明确文献记载的是,寒食扫墓到唐初才成为定制,即并非普遍的古例。与苏诗相印证的宋风,是杨万里《三月三日上忠襄坟,因之行散,得十绝句》,说的就是三月三上坟兼游玩。这种古风现在犹存,我前年上巳期间在广西就留意到当地的扫墓。

那次在柳州还看了与柳宗元关系密切的柳。杨柳也确是这时的应景植物,上巳清明,柳绿怡人,最足观赏,我曾在上巳旧文引用过的南朝梁沈约《三月三日率尔成篇》,就写道:"高柳拂地垂。"宋代魏野《清明连上巳》则谓:"看柳折青丝。"更有名的,是唐代韩翃《寒食》:"春城无处不飞花,寒食东风御柳斜。日暮汉宫传蜡烛,轻烟散入五侯家。"此诗背景,是寒食源于"改火"之制:先民钻木取火,冬天的火种用到暮春要改换,先禁火,吃冷的食物,即"寒食",到清明再钻榆、柳得新火,并赐给百官。诗中"传蜡烛"即指此,而御柳则既是景物,也是礼仪之物,均为应节。

游春赏柳、钻柳取火之外,杨柳新长的枝叶,可供"折青丝"来簪插。这也原属上巳民俗而后来融入寒食、清明。整整十年前的此时,清明节恰逢三月三,我撰写《留连留恋西湖柳》,落款记古人有清明插柳的风俗,但正文未写这方面。此后写柳还有很多,这里重点要谈的,就是簪、插杨柳。其他时节也有这习俗,但以此三节最为集中。

簪柳,指将柳枝或编成圆圈戴在头上,或扎成花朵状插于发髻,或直接簪在鬓边。关传友《中国杨柳文化》认为,由于柳树繁殖力强,以及柳叶的形状,远古人们将其视为生殖象征,所以有上巳戴柳。("巳"之意与生育子嗣有关,此亦乃前述上巳生殖崇拜起源的体现。)

到唐代,戴柳也和上巳节一样淘汰了原始内涵,变为只有避灾祈福的意味。据《旧唐书》《新唐书》和唐人段成式《酉阳杂俎》等,唐朝的三月三上巳祓禊制度,皇帝会赐臣子柳圈,据云戴了可免虫毒瘟疫。宋代张炎的《庆春宫》词,写了食杏酪(杏仁乳酪或粥)、卖饧(麦芽糖)、飞仙(荡秋千)、水边洗裙等分属清明、寒食、上巳的节俗,可见三节的融合。该词之序说:"都下寒食,游人甚盛,水边花外,多丽环集,各以柳圈祓禊而去。"说明

三月三：戴柳斗草，纪岁祈年

✿

宋朝已将戴柳圈的上巳风俗转到寒食。

我之前元宵篇写宋代流行簪戴人工制的雪柳，估计是因那时北方的杨柳还未长成，到上巳寒食清明，则可以戴真柳了。此亦广义的簪花文化，虽然寒食、清明也有狭义的簪花，如范成大《四时田园杂兴》之春日其七："寒食花枝插满头。"但不如簪柳的影响大，能延续到后代，如清代顾禄《清嘉录》记清明："妇女结杨柳球戴鬓畔，云红颜不老。"戴柳还包含了去除疾病、驻颜延年的祝福，故民谚有云："清明不戴柳，红颜成皓首。"

插柳，是也如我元宵篇所记那样，将柳枝插在门上或屋檐。《东京梦华录》《梦粱录》等都有载，特别是宋代周密《武林旧事》记寒食节："都城人家，皆插柳满檐，虽小坊幽曲，亦青青可爱。"这话本身也很可爱。这种正面描写之外的"负面"情感，则如宋代张炎的《朝中措·清明时节》词，写清明时节："人生苦恋天涯……折得一枝杨柳，归来插向谁家。"这是沦落孤苦的遗民心情，无处插柳即无家可归，以此"写尽了国亡家破、漂泊天涯之人的羁旅乡愁，是一曲流浪者的乱世悲歌"（易蓉等《宋代节序词研究与欣赏》）。

张哲俊《杨柳的形象：物质的交流与中日古代文学》说，清明插柳是从宋代起广泛流行的。"清明与杨柳的关系最为复杂，喜悦与悲哀两极对立的情感混合在一起"，既祭墓悼亡，又"上坟

岁时花事

✿

时欢欢喜喜地簪柳,纵酒为乐"。举宋代杨万里的《清明雨寒八绝句·其二》:"一年好处君知么,寒食千门插柳枝。"指出"清明的悲喜情感源于杨柳的两种意义:杨柳是思念之物,引起思念死者的悲哀。杨柳也是驱鬼除疫之物,保佑生命的安康"。

这两种意义具体而言,一方面,如石志鸟《中国杨柳审美文化研究》所云,从先秦开始,到汉魏六朝普遍在平民坟墓大量种植杨柳,以其旺盛生命力寄寓灵魂早日托生,故柳宜于祭祀。另一方面,在东亚古代文化中,杨柳是神佛之木,可辟邪驱鬼。另外,清明门上插柳应还有为亡灵招魂指路之意。

此风同样流传至今,清代东莞人邓淳《岭南丛述》记:"三月上巳祓禊,清明插柳于门前。"去年清明,我到祖屋拜祭,就发现旁边几户人家的门楣插着柳枝。前一天还与友人谈起南粤有些地方保留这种风俗,旋即就在本地见到了。我以往清明都去墓园拜山上坟,去年因当时背景的措施规定,不能前往而改为回祖屋,才首次发现老城还有这一可喜古风。

插柳和簪柳盛行,自然会出现柳枝的买卖。吴钩《风雅宋》说张择端《清明上河图》中,有两处卖鲜花的小摊。但我去年清明细看该画的仿真复制品,觉得其中城门外路边的摊上之物,看形状应是柳条。说不定祖屋旁人家就是从这种延续宋风的柳枝摊档买来的。

三月三：戴柳斗草，纪岁祈年

❀

插柳的用意，还包括纪念介子推（传说中为隐居不仕而以身殉志的寒食禁火主角）、避火、明目、迎玄鸟（家燕）等。而我喜欢的另一说法是纪年。南宋赵鼎写广东的《寒食书事》："寂寂柴门村落里，也教插柳纪年华。"那寂寂中的柳枝与年华，让人回味。簪柳、簪花亦然，以此祝福珍惜韶光。陈西平《中国传统树木民俗》认为，戴柳是宋代寒食举行成年冠礼的遗存，这一仪式由成年标志演变为"纪年华"，再演变为祈求红颜永驻。民国广东《怀集县志》也载："清明，插柳门楣……头每簪花，谓之记年。"这种用花木标记岁月的意思挺好。

本文开头说，三月三给人清妍丰美的感觉，这缘于上巳的春水涣涣、天气的清清明明，也缘于花草树木等万物繁茂；花和木都写过了，接着该谈一下草，才符合踏青之"青"（广州人称清明扫墓为"行青"，此语亦甚佳。踏青本来自上巳节，后来并入清明，与到郊外扫墓结合而成郊游）。

草，如本文题目，要写的是斗草，又称斗百草。这是古代儿童、女子的一种游戏，有谓《诗经·芣苢》"为儿童斗草嬉戏歌谣之辞，则周初已有此戏"（顾文豪《风物正闲美》转引清翟灏《通俗编》等意见）。也有说是起于汉代，唐宋最盛。它多在春夏草长的几个节日进行，如较早记载斗草的南朝梁宗懔《荆楚岁时记》说是在五月五。而几位宋人，范成大《四时田园杂兴》的春

岁时花事

✿

日其五:"青枝满地花狼藉,知是儿孙斗草来。"背景为社日;李清照《浣溪沙》之"海燕未来人斗草",则是在寒食;柳永《木兰花慢》记清明,"正艳杏烧林,缃桃绣野"的好景,"倾城,尽寻胜去"的万家出游寻芳探胜,有"斗草踏青"的"欢情"。

上巳亦是斗草时,明代瞿佑《四时宜忌》载:"《荆楚记》曰,三月三日,四民踏百草。时有斗百草之戏。"清代孔尚任《节序同风录》也说三月三:"踏青,为斗百草之戏。"

斗草的具体情形,尚秉和《历代社会风俗事物考》谓"今则茫然矣",将之作为"古戏失传"的一种。综合其他资料,大致可知道:斗草分为武斗与文斗,武斗是将草互相打结拉扯,比草的韧性,先断的为输;文斗是比品种的丰富和新奇,以及掌握的名目多少,拿得出和说得出较多的为赢。这里面包括斗花,范成大那诗的斗草结果就是满地花枝。五代王仁裕《开元天宝遗事》记唐朝"长安士女,春时斗花,戴插以奇花,多者为胜"(斗花同时也是簪花)。张炎《解语花》云:"筹花斗草。几曾放、好春闲了。"《暗香》云:"但趁他、斗草筹花,终是带离索。"都将斗草与斗花并列。

张炎这两首词还可一说的是,前者写下"旧愁空杳""余情暗恼",回想年少时光,"惊梦回,懒说相思,毕竟如今老"。按孙虹等在《山中白云词笺证》所释,这是他回忆南宋灭亡前的自家

三月三：戴柳斗草，纪岁祈年

✿

幼姬，以离合之情寄兴亡之感。后者写下"纵到此、归未得，几曾忘却"，也是以斗草带出"孤寂"中的"忆昨"，无奈的别离与难忘的思忆。

北宋前期的二晏父子都写过斗草，情调则似随两人的遭际不同而迥异。晏殊《破阵子》："燕子来时新社，梨花落后清明……元是今朝斗草赢，笑从双脸生。"描述从社日到清明的春光中，"东邻女伴"的斗草之欢。由该词可感受这位神童、名相的一贯雍容气象、闲适风格，有一份清新明媚的婉丽温润。

他的儿子晏几道，《小山词》第一首是《临江仙》，头两句是："斗草阶前初见，穿针楼上曾逢。"记与一位少女相遇的场景，春日斗草，秋季穿针（指七夕乞巧），留下靓妆羞脸的美好记忆；然后下阕写水流春远，酒醒屏空，佳人别去，唯落得"相寻梦里路，飞雨落花中"的惆怅收场。从开始的斗草惊艳、刻骨铭心的初见，到念念不忘的爱慕、美景消逝的哀凉，奠定了整部词集的风格，见出这位既痴情风流，又惊变落魄的公子，一贯的伤情忆往，总是浸淫于前尘旧梦的怃然沉郁。小晏与张炎一样，都是别有怀抱的伤心人，皆以斗草展现岁月的流逝、身世的变幻，是另一种"纪年华"了。

岁时节令亦属追记年华的重要刻度，我写这个系列，经常就某个节日查回自己的昔年日记、旧时文章，从中低徊重温和慨然

岁时花事

✿

记起很多已淡远的人、事、物,颇生感触……虽然因之每每生情何以堪的深重叹息,带来时光与记忆的打击,但却也是一种对生命很好的打量。这自然包括三月三,历年多有远方探花、周边戏水、踏青聚游、书文乐事,不多琐述了;但其中有一个上巳节很特别,是七年前到农业部门报到后,次日正式上班,恰逢三月三,以是欢悦,令这个农历日子对自己别有意味。

而今写此文则发现,其实三月三在种种水情、花事、春游、艺文之外,还有农业的内容。清代喻端士《时节气候抄》记三月三:"于水侧祷祀,以祈丰年。"宋兆麟等《中国古代节日文化》更在上巳篇的最后专列一节"祈年",指出此节除了祈求生育,还有一个主要目的是祈求农业丰收。转引江南嘉定"三月三上巳日,听蛙声占水旱"等记载,说这同样来源于上巳求子,因为按照原始先民思维,农作物像人一样通过交媾生产下一代,加上事物感应观念,相信人的交媾能促进农作物的丰收,故在是日"祈年"。

甚喜原来自己履新事农的三月三,亦为农事节。遂从古籍中查找一下这天的具体农事,虽然也知这样的日期之说是虚妄,但既然恰巧,可视为神秘天意相系之趣。所翻两种宋代农书,宋代温革的《分门琐碎录》和宋代吴怿《种艺必用》,虽然有的内容在前人著作已载,但不妨以之为例,检得上巳涉及的,有桑:"常以三月三日雨卜桑叶之贵贱。"有蚕:"三月三日,天阴而无日,不

三月三：戴柳斗草，纪岁祈年

✿

雨，蚕大善。"有竹："正月一日、二月二日、三月三日皆可种竹，无不活者。"有瓜："种瓜，宜戊辰日及三月三日。"——读这样质朴的记载，令人有祈农之欣。

又恰好，因前述的苏轼海南上巳诗写到刺桐，查得清代屈大均《广东新语》记："（海南）琼州田家，以刺桐叶粪田，门巷多种之，耕时视其花为候。"并引明代海南人王佐咏刺桐诗："离披风火寒生焰，烂熳晴霞暖闹空。地僻喜无车马到，闲看花候毕农功。"即刺桐与农事有关，不仅叶可做肥料，上巳花开还是农人耕作的农时标志。

以上包括了经济作物、粮食作物和观赏植物，荟萃于上巳，并生而葳蕤，足慰农人之喜眼。写了近一年的"节花小札"，又一次沉浸于古代节令，至此乃可怡然收摊，继续务农去也。

> 2021年4月1日，个人的公历"事农纪念日"起笔；跨寒食、清明后，4月5日撰毕；4月14日三月三，略补充修订——其间刺桐烂漫盛开

端午：挂草簪花啖果，热烈寂寥红颜

岁时花事

✿

那年端午,与一个朋友谈到为什么喜爱节气及草木,还与另一位朋友谈到应节的草木。是许宏泉兄发来信息:"艾蒲门前挂,雄黄酒一盅。额头画王字,朱砂五毒图。此儿时乡间记忆。端午节快乐。"我用午饭所见的岭南即景回复:"在荔枝树林中的农舍,祝你日子青枝绿叶,心情佳果红遍。端午快乐,长夏清凉。"

许兄说的艾与蒲,是端午传统挂在门口辟邪的植物,因为古人认为农历五月五天气炎热、五毒猖獗,要用艾、蒲、雄黄酒、额头有"王"字花纹的老虎工艺品,以及朱砂等祛除病毒。这种习俗至今犹存,老同学严君刚刚发了一篇公号文章《端午:菖蒲大艾午时香》,记惠州市场摆卖的菖蒲和大艾,供人买回去捆扎成束悬挂门前。其中,艾叶有药疗作用,且芳香可驱蚊虫;菖蒲则因叶形似剑,寓意斩鬼除魔。

至于我说的荔枝,则是端午时节的岭南佳果,如清代东莞人钟有誉《横塘竹枝词·五月》所云:"两两龙舟夹水飞,黄昏犒得荔枝归。"

关于"龙舟夹水飞",名字最应景的端午植物要数龙船花。它的花期很长,但在赛龙舟的端午前后开得最盛,故得名;花色橙红(也有黄、白等),细碎的小花成簇密集开放,花团锦簇,热闹奔放,很能给端午龙舟活动增添气氛。再者,它还真的与"船"有关,潘小娴等著《云山花事经眼录·夏影》转载,在以龙船花

端午：挂草簪花啖果，热烈寂寥红颜

✿

为国花的缅甸，临水而居的依思特哈族人会在屋旁水上用竹木构筑浮动的小花园，里面种满龙船花，女儿出嫁时就坐在其中，像船一样漂到下游让新郎迎接——热带风情的浪漫。

龙船花在华南是很普遍的绿化观赏植物，我家阳台就有一丛。它还有一个高大上的别名：仙丹。但始终，其分布局限于热带亚热带，更广为人知的端午花卉，是石榴。

石榴在夏初开赤红色花朵，鲜艳耀目，所谓"五月榴花照眼明"（很多人误以为这是宋代朱熹的诗句，其实出自唐代韩愈的《题榴花》之一）。因此，农历五月又称"榴月"，石榴花也就成为端午当令植物，杨万里《端午独酌》便是与此花对饮的："招得榴花共一觞。"

另元代张宪《端午词》谓："榴花照鬓云鬟热。"明代刘侗等《帝京景物略》记："五月一日至五日，家家妍饰小闺女，簪以榴花，曰'女儿节'。"清代顾禄《清嘉录》也说："妇女簪艾叶、榴花，号为'端五景'。"

这种簪戴石榴花的风俗在唐朝已经有了，杜牧《山石榴》诗："一朵佳人玉钗上。"不过，以上都是女子簪花、红花衬红颜，而在宋代，还流行男子簪花。《水浒传》中，吴用在"五月初头"去游说三阮入伙打劫生辰纲，见到阮小五："斜戴着一顶破头巾，鬓边插朵石榴花……披着一领旧布衫，露出胸前刺着的青郁郁一个

岁时花事

✿

豹子来。"金圣叹批注指出这花是用来点明时间的,但结合阮小五的绰号"短命二郎",以及他贫穷渔民、草莽英雄的身份,强横愤世、心存叛逆的性格,还有那青色豹子的文身,和筹划强盗勾当的背景,则这朵红艳艳的石榴花实在反差触目,给一场江湖风暴添上诡异而闲情的风味。

此外,另一位猛男钟馗,因为结合端午的驱邪捉鬼,被封为"五月石榴花神",古画常有钟馗头簪石榴花图(以上参见贾玺增《四季花与节令物》、焦俊梅《十二月花神》等)。

但始终,石榴花是妩媚的。宋代苏轼《次韵子由岐下诗》之《石榴》,第一句"风流意不尽",就点出了石榴是风流之花。他下面还写道:"色作裙腰染,名随酒盏狂。"用的是南朝两个皇帝梁元帝和梁简文帝的诗中典故,即石榴裙和石榴酒。

石榴花因花瓣皱褶略似裙子,遂有"石榴裙"的说法,从南北朝起就有不少人写过,还衍生出"拜倒石榴裙下"的风流。唐代武则天有一首《如意娘》:"看朱成碧思纷纷,憔悴支离为忆君。不信比来长下泪,开箱验取石榴裙。"有人认为该诗是托名伪作,以武则天的刚毅狠毒,不可能写出这种缠绵哀伤的作品。我觉得这是诛心之论了,她再强悍泼辣,也会有青春期的相思,有"媚娘"的温柔一面的。

最难忘的石榴花诗,是另一位唐人李商隐,他不止一次写过

端午：挂草簪花啖果，热烈寂寥红颜

石榴，其中的《无题》："曾是寂寥金烬暗，断无消息石榴红。"这是比武则天更克制也更无望的情思，刻骨的惆怅，让人低回不已。

再往前推，"沈郎憔悴不胜衣"的南朝沈约有《咏山榴》，说石榴乃"幽山有奇质"的好物，但是"含华岂期实"，即欣赏它的花而不必求它的果实，由此带出"长愿微名隐，无使孤株出"的自甘寂寞、孤芳自赏之意。

然则，所谓"宫花寂寞红"，石榴花也是如此了，尤其是考虑到端午既有热烈的民俗风情生活气息，又有传说中屈原的悲苦寂寥。同样它的果实，因种子充盈而被视为多子多福的吉祥象征，但也可说是满腹细密心事，供我们含玩咀嚼，慢慢品味那份喜庆中的酸酸甜甜。

> 附记：石榴的主产地不在岭南，这里更常见的是另一种番石榴。可是，家乡莞邑却有一座榴花塔，因位于榴花村而得名（并因宋末抗元义士熊飞是该村人而更著名）。查了一下，这座风水塔建于明代万历年间，而石榴原产波斯等中亚地区，汉代由张骞从西域引进；番石榴则原产美洲热带，清初才传入我国，可见榴花村、榴花塔指

的是石榴而非番石榴。为此,我在写本文期间去拜访杨宝霖先生时,顺便咨询这个问题,熟稔农史、文史、地方史的杨老果然随即答出:本土确实没有那种多籽可食的正宗石榴,但历史上有果实小、不堪食、花朵重瓣的变种石榴,专供赏花,他小时候就莳弄过,花有三色:鲜红,黄白,以及外围一圈鲜红而中间黄白,古代榴花村种的是这种石榴。解惑之余,还可想象曾经满村榴花、映衬英雄血性的风景,也是端午的可喜收获了。

2020年6月23—25日,庚子端午完稿

六月六：晒天书，栽闲花

岁时花事

☆

最早关注农历六月六,是因十年前莞城图书馆推出"晒书大会"。六月六时为盛夏,阳光炽烈,古代有晒衣曝书以驱虫除霉的习俗,遂又称为"晒书日",但并不太出名,难得本邑这个注重文史的基层图书馆,复兴传统且推陈出新:将原意的"曝晒",转为粤语的"晒",即"展示",举办多种专题的公家、私人图书展览活动,"晒书、晒人、晒思想"。当日我曾携书参与,至今每年也尽量去观摩一下,虽然雅集已不一定都在六月六当天,但流连浏览每届精心安排的不同主题内容,亦可有呼应时日古风之喜,在书卷气中得点暑天清爽。

不过,所谓晒书古俗,乃至晾晒衣服、器物等"六月六,家家晒红绿",只属明清时期的风习。更古的北宋,六月六是一个既严肃又奇葩的官方正式节日——天贶节。其来源是,宋真宗因御驾亲征却只能与辽国签订澶渊之盟,为转移朝野视线,重建统治威望和信仰精神,遂与心腹大臣密谋策划,伪造神人赐天书的祥符。这场行为艺术一玩再玩,为此设立多个节日,最著名是"六月六日天书再降日为天贶节",衍生出放假停刑、泰山封禅、设醮上香等庆祝仪式——"贶",即恩赐。那卷天书,最初是预先偷偷挂在宫城门楼上,以给人造成神秘而强烈的视觉冲击感。如此展示,倒暗合"晒书"。

这种托言天赐以宣示地位、统一思想的神叨神道,后来宋

六月六：晒天书，栽闲花

江，或者说《水浒传》的作者也学去了，乃有九天玄女授天书，以及梁山英雄排座次的碑文。但人为的节庆闹剧往往难以永久，起码在民间是这样的，孟元老追忆北宋末年首都开封繁华盛况的《东京梦华录》，六月六的记载已无天贶节，只说是神仙崔府君的生日，相关活动也围绕于此，宋代吴自牧《梦粱录》等几种缅怀南宋首都杭州承平旧梦的同类笔记亦然。

我今年为六月六而购的宋代陈元靓《岁时广记》、李懿《宋代节令诗研究》等，都记述了这个北宋独有的新造节日。不过，当天的最大收获，是翻览手头黄永川《中国古典节序插花》，读六月六天贶节一篇，说这天又是"清暑节"（按：《岁时广记》引道教经籍"六月六日为清暑之日"），而"清暑插花以茉莉为主"，且茉莉为六月六日生日。

以茉莉作此时的"花盟主"之一，确是应景。翻检往年日记，我曾在某个六月六邮获一本《古人咏百花》，读到宋代杨万里《送抹利（茉莉）花与庆长》："一枝带雨折来归，走送诗人觅好诗。"带来炎夏清凉。而那次去参加莞图首届晒书会前的六月六早上，则曾采书窗茉莉一朵，相伴改定《前生曾簪素馨花》——这是我写过的多篇茉莉文章之一，考辨了素馨与茉莉这对姐妹花的关系。另外一个同时是初伏日的六月六，在我国香港神州旧书店买了泰戈尔《飞鸟集》的港版翻印本。（那年六月六赴港，白

岁时花事

✧

天逛书店,见到了神州的欧阳店主,听他谈及准备参加香港书展;晚上是现场看陈奕迅演唱会。到去年也是公历7月,我终于第一次去香港书展,很高兴又遇见欧阳老先生。如今的7月,却是在手机看陈奕迅为抗疫筹款而空场举办的网上演唱会,而香港书展则在举办前数天终于宣布延期——这些只是今年背景的小小例证,恰巧被时间线穿起来。愿他们安好。)

说回花事罢,黄永川讲茉莉生日为六月六,是我首次得闻。他没有提供直接的依据,只引了宋代周密《乾淳岁时记》一段记载。该书实为周氏追想往昔盛世盛事的《武林旧事》一部分,当中记六月六日崔府君诞辰,杭州人祭神之余的游玩避暑之乐,和时鲜风物之繁,"而茉莉为最盛,初出之时,其价甚穹(高),妇人簇戴,多至七插(束),所直(值)数十券(宋代纸币),不过供一饷之娱耳"。这段话的更大价值,是反映了当时鲜花的商业化情况、市场交易价格,以及宋人爱花、簪花之奢华,乃宋朝花卉产业高度发达的一个写照(参见魏华仙《宋史拾穗》等)。

至于六月六与茉莉的联系,还见于周书之前的另几种南宋笔记。范成大的《桂海虞衡志》、宋代周去非的增补仿作《岭外代答》,说番禺(广州)人用"渐米浆"浇灌茉莉,可令花大叶多,整个夏天都花开不绝;而"六月六日又以治鱼腥水一灌,益佳"。更早的宋代陈善《扪虱新话》则记,茉莉这种南方植物畏寒,"唯

六月六：晒天书，栽闲花

❀

六月六日种者尤茂"。一个说浇花，一个说栽花，都以六月六为时间节点，却都没有给出理由，不知最初起源是什么。

撰写此文过程中，乘兴在旧书网再搜购几种宋人回忆繁盛"旧·梦"的笔记注本，恰好顺带遇上一册旧版小书——潘雪州的《怎样种茉莉花》。里面讲到，茉莉喜水喜肥，尤其高温干旱的伏天要多施肥、浇水——因此范成大他们所记也算有出处；又讲到，扦插茉莉有春、夏、秋三期，不过7月的茉莉活力旺盛、生长迅速，花和根都生机勃勃，这时特别适宜换盆移栽——因此陈善的理论也算说得通。但正如杨武泉校注的宋代周去非的《岭外代答》指出的："六月六日，盖作为最热天之表征，非必限于是日也。"看来这只是因双数日子惹人注目，要在五月五端午和七月七夕之间，给六月六找点话头，才有了从天贶节到茉莉日等说法。这样的特定时日印记，始终是好玩可喜的。

"最热天"的盛暑，也是茉莉的盛花期，它的特性是天气越炎热，香气越浓烈。描写茉莉的早期作品，北宋蔡襄《移居转运宇别小栏花木》诗云："团团末利丛，繁香暑中拆。"已点出茉莉花香可避暑的作用。此后由该角度赞美的诗词不胜枚举，加上其花洁白可赏，又能制香、入茶等，遂被大规模栽种和贸易，从宫廷到民间都深受欢迎。南宋几部记写社会风情的名著，就有茉莉消夏的实录：南宋周密《武林旧事》载"禁中纳凉"的皇家气派，是

岁时花事

✿

置茉莉"等南花数百盆于广庭,鼓以风轮,清芬满殿";又载,当时的酒楼烟花女子,"夏月茉莉盈头";西湖老人《西湖老人繁胜录》则说是"每妓须戴三两朵"——结合前引应属正常人家的"妇人簇戴七插",可见各阶层都以茉莉作为夏季标配,茉莉是普遍流行的重要消费商品。

上面一再提到茉莉的簪戴,吴洋洋《宋代士民的"花生活"》指出,茉莉是宋人"簪花的上佳选择"。何小颜的《花与中国文化》,介绍"茉莉簪发的方式很多",人们因喜爱此花而变换出眼花缭乱的各种花样;又认为,头上簪花的最早文献,是晋代嵇含《南方草木状》所引汉代陆贾的《南越行纪》:岭南女子以茉莉、素馨作为"首饰"。即是说,要谈簪花习俗,茉莉可视为源头。当然,嵇、陆二书有人质疑,但在茉莉成为风行全国名花的宋朝(邓之诚的《东京梦华录注》,就孟元老原书载宣和年间皇家园林多植茉莉——是这种"南花"引种到北地黄河流域的珍贵史料——而笺注云:茉莉"尤盛于宣和","自宣和名益著"),则其无疑是当时簪花风尚中重要的一枝。原产地(最早引入地)南方是这样,南宋陈景沂《全芳备祖》引苏轼残句,说他被贬海南,曾写诗记当地黎族女子:"暗麝着人簪茉莉。"长江流域也如此,如南宋辛弃疾《小重山·茉莉》之"一枝云鬟上",南宋姜夔《好事近·赋茉莉》之"钗头挂层玉"。

六月六：晒天书，栽闲花

✿

这方面，我最欣喜的是读到宋代杨巽斋的《茉莉》："谁家浴罢临妆女，爱把闲花带（一作插）满头。"——"闲花"，是我喜爱的词，用来做过书名，现可又添一例，原来茉莉也是宋人的"闲花"，益增亲切。

苦夏炎炎，与其看皇帝"晒"天书，不如栽种、浇灌、欣赏身边的闲花吧！

> 2020年7月26日六月六起念，8月4日完成初稿；至立秋后两天的8月9日、国际爱书者日，参观今年的莞图晒书会后修订毕

七夕：凭荷渡银汉，牵牛过鹊桥

岁时花事

✿

多年前一个七夕夜,吃罢应酬饭出来,听身边同事说起,才知道这晚是七月七。公私两忙,竟已无心记住佳节良辰了。遂到酒楼旁边的书店逛逛,买了本《李贺集》,微表怅念。

集内正有一首《七夕》,恰好包含了这节日的几种典故。据王友胜等注释:"别浦今朝暗,罗帷午夜愁。"是以"别浦"比喻隔绝牛郎织女的银河;"鹊辞穿线月,花入曝衣楼。""鹊"是七月七填天河成桥以渡织女的乌鹊,"穿线"指女子结彩缕、穿七孔针以乞巧,"曝衣"则为曝晒衣裳和经书(七月七乃最早的晒书节)。仅这前四句,李贺就将传统七夕的主要元素都呈现了。

上述七夕习俗,自汉代至李贺的唐代一直风行,而到了宋,更花样百出,宋代孟元老《东京梦华录》记载甚详,包括市面上出售很多乞巧背景下的"奇巧百端"小玩意,当中有"磨喝乐",乃佛经"摩睺罗"的译名,即泥塑小娃娃,配以各种精美装饰,是七夕流行的"时物"。"又小儿须买新荷叶执之,盖效颦磨喝乐。"另外,还售卖用未开的荷花"假做"而成的"双头莲"。

这些风俗,宋代吴自牧《梦粱录》等亦有述。殷登国《岁时佳节记趣》就此发挥诠释:那些娃娃玩偶"手中拿的玩具,最常见的是一茎荷叶了。因此七夕时,穿着新衣服的小孩子们,也往往手持荷叶,满街游行"。

我今年农历六月二十四古俗荷花生日所购的曾宪宝等《荷莲

七夕：凭荷渡银汉，牵牛过鹊桥

☆

文化漫步》，说供养磨喝乐可追溯到唐朝的"化生"祈子，但"持莲童子这一艺术形象，肇始于宋代"。不过，扬之水《古诗文名物新证》之《摩睺罗与化生》有详细考论，指出源于佛教的莲花化生、孩童持莲之图像在唐及前代已很常见；但她也说，摩睺罗"风俗之盛则在宋"，"两宋，化生则定型为持花或攀枝的童子，而成为一种运用极普遍的艺术装饰"。某年七夕，我看过重庆大足的莲花童子等石刻归来，读了水公此文，即夜修书与之谈，旧作《何事步步皆生莲》已记，这里补抄水文结尾的好话："童子与荷叶的组合，虽仍由化生而来，但它的本义大约已经很少有人记得，却多半只是作为活泼泼的意趣和一种温暖、明亮的色调而用来装点日常生活。"

关于七夕的荷莲，此时虽已初秋，但花事仍盛。北宋张镃《赏心乐事》的农历七月部分，就有"西湖荷花泛舟"。南宋陈元靓《岁时广记》则转载一个杭州少女，"七月七日，泛舟西湖采荷香"，被少年勾引而最后悲剧收场的哀情故事。

去年为荷花生日而购的日本市川桃子《莲与荷的文化史》，在讨论秋荷时引了唐代陆龟蒙的《秋荷》："盈盈一水不得渡，冷翠遗香愁向人。"作者没有就此展开，其实这两句诗可以发掘一下缘起。话说古人对织女、牵牛二星的想象描写，早已见于《诗经》，但当时还未将它们结成恋人关系。到汉代才形成牛郎织女的爱情

岁时花事

✿

传说,这个题材的发轫之作是无名氏《古诗十九首》之:"迢迢牵牛星,皎皎河汉女。……盈盈一水间,脉脉不得语。"这组诗的另一首,结尾同样令我锥心:"同心而离居,忧伤以终老。"它的开头也写江河,且以荷花起兴:"涉江采芙蓉。"我觉得二诗可以联系起来而谈七夕荷莲,很高兴看到陆龟蒙早已将两者糅合。

牛郎织女后来融入最初只属女子乞巧的七夕,成为节俗主流,这份苦恋的浪漫直达皇家——唐玄宗与杨贵妃便有七夕誓约。我以往的七夕常在暑游旅途,中国香港的书肆、希腊的雅典卫城神庙橄榄树与米克诺斯岛等,都给我留下酣畅美好的印象,但某年七夕在西安却感唏嘘。一方面,触发少年旧游的怅忆;另一方面,那里是玄宗贵妃故事的发生地,又是牛郎织女传说的发源地,自然想起白居易的《长恨歌》:"七月七日长生殿,夜半无人私语时。在天愿作比翼鸟,在地愿为连理枝。"这一盟誓,其实是贵妃死后,玄宗追忆"牵牛织女相见之夕"的往事。在此之前,白居易写两人昔日欢情,有"芙蓉帐暖度春宵";后来经历变乱、出走、死亡,玄宗空空一身回到长安,"归来池苑皆依旧,太液芙蓉未央柳。芙蓉如面柳如眉,对此如何不泪垂"。诗人不避重复,一再写芙蓉荷花,强化了前后对比的伤痛悲凉——让人想到唐玄宗曾在赏荷时,指着杨贵妃笑说怎如我这"解语花"……

宋代,则产生了最著名的七夕作品,秦观"金风玉露一相

七夕：凭荷渡银汉，牵牛过鹊桥

逢，便胜却人间无数。……两情若是久长时，又岂在朝朝暮暮"的《鹊桥仙》。这个词牌，起源即为咏牛郎织女，同类词作很多，其中方岳《鹊桥仙·七夕送荷花》，将牛女背景与荷花结合起来写。另外，如向子諲的《相见欢》等，亦以"秋水芙蓉"来衬托"一年风露笑相逢"。而查蒲积中《古今岁时杂咏》，七夕诗歌中出现荷花，可上溯到南朝陈后主，此后还有唐代温庭筠等人也这样写。可见此节此花也算紧密关联。

至于不限七夕的秋天背景，留下"接天莲叶无穷碧，映日荷花别样红"等夏荷名作的杨万里，还一再写到秋荷。其中，《泉石轩初秋，乘凉小荷池上》云："芙蕖落片自成船。"这是他一贯的独到尖新。诗词咏采莲舟常见，但以荷喻舟则少有，日本市川桃子《莲与荷的文化史》收集了唐及之前的荷莲分类诗文，从中得见唯一先例是南朝梁简文帝萧纲的"芙蓉作船丝作絆"，但不如杨万里写得清新可喜。

不过，莲花除了是西来佛教的，还是本土道教的圣物，"落片成船"在我国仙界是有来历的。宋代佚名《莲舟仙渡图》，绘仙人安坐在一片荷花瓣上，悠然渡过天地间的广阔山川，令人心生出尘之念。只可惜古人没有把这荷瓣小舟编排给牛郎织女去作"银汉迢迢暗度"，只能像秦观说的，"忍顾鹊桥归路"了。

鹊桥上的牛郎，因为牵牛这一名称，遂由动物衍生成植物：

也属秋花的牵牛花。

有一年我在七月初六买了七种书,佐以完成莞邑七夕《七花七果拜七姐》之作(广东旧俗,七夕这些热闹仪式是在头一晚,邓尔雅诗云:"改将七夕从初六,南粤犹存五代风。"此风在本邑水乡至今犹存)。其中一本彭国梁等编《我们的七夕》,收入大量史料文章,中间却冒出一篇叶灵凤的《牵牛》,内容与七夕无关,写的是种植牵牛花,只在结尾说花下的爱人可题为"织女待牵牛";另外书中的七夕诗歌辑,也夹入一首不相干的儿歌《牵牛花》——它们都是以花名攀附牛郎牵牛。

这个梗在杨万里那里——没错,又是他——已经出现了。牵牛,始载于南朝,因人们牵着牛去换这种草药而得名;但当初作为药用叫牵牛子,到宋代才有人注意到花色美丽而称为牵牛花(贾祖璋《花与文学》)。就在那时,杨万里便将此花与牛郎织女联系起来,南宋祝穆《古今事文类聚》的牵牛花条目只收了他的一组三首诗,第一首形容颜色、姿态的两句:"晓卸蓝裳著茜衫","翩然飞上翠琼簪",我以前两篇牵牛花文章分别引用过;第二首则写道:"天孙为织碧云裳,浪言偷得星桥巧。"七夕星桥背景下,牵牛花绚丽的花色,乃是织女(天孙)用碧云为它织成的衣裳——端的巧思妙手。

此说的进一步发挥,是清代王闿运《牵牛花赋·序》:"胎于

七夕：凭荷渡银汉，牵牛过鹊桥

✿

初秋，应灵匹之期，故受名矣。"说牵牛花因在初秋孕育开花，应合牛女这对神仙配偶的七夕佳期，才有此名。这是倒过来说了，正解还是应像杨万里那样，即萧翠霞《南宋四大家咏花诗研究》评那组《牵牛花》指出的："牵牛的花名，总让人联想到牛郎与织女的故事。"

王闿运的学生齐白石，与梅兰芳都是近代牵牛花史上的重要人物。伍稼青《花事丛谈》说，牵牛花"原来不登大雅之堂，自从梅兰芳栽植了一百多本，一经名画家齐白石的品评，此花名气便也大了起来"——梅氏在北京家里栽植各种形色的牵牛花，自己精研花道、详细记述之余，还举行展览雅集，招邀齐白石等文人画家来欣赏评判，带动这个圈子培植牵牛花成风；齐氏对此念念不忘，时时绘写忆记。

因此，牵牛花成为他笔下的主题之一。最动人、最击我心的一幅是——请容许我复述自己旧作已谈到过的，齐白石的题画诗："用汝牵牛鹊桥过，那时双鬓却无霜。"

这也是用了七夕牛郎故事的典故，但后一句提升到令人怆然的境地。从前我在报纸看到该画，为之沉吟难置，用来做了牵牛花小文的题目；现重写此花，特地从网上搜购得原色印刷品：墨笔淋漓写纵横纠缠的藤叶，几朵鲜红的牵牛花掩在一角，中间一只蚱蜢栖于枯藤犹如渡桥的牛郎，上方就是那两句诗——恍惚可

岁时花事

✿

想见老人掷笔浩叹的默然苍郁。

我在旧文《那时双鬓却无霜》中写道,我将报上这幅画复制成笺纸,谷林先生接信后也留意到了,同样牵动他的陈年心事。先生评价那两句诗"绝妙""过目难忘",他像我一样被触发,私信里一再忆述某段伤感旧事……我新出的《草木光阴》(封面是写过的另一种七夕植物苹婆果),同一书系的友人两种,也都谈到齐白石这首诗:戴蓉《草木本心》说是"有婉转心事在其中,让人低回不已";许宏泉《草木皆宾》则还引用了陆游的《浣花女》:"插髻烨烨牵牛花。"这也是宋人簪花的小众品种一例。

鬓边无论是青春的烨烨鲜花还是老来的苍苍霜发,都挥不去由一开始汉人的脉脉忧伤,到唐帝的绵绵长恨那种七夕底色。但这到底又是佳期,唯有像秦观那样自我安慰,或者只像扬之水说的,用童子荷叶的活泼意趣和明暖色调,来装点这忧欢交会的时光罢。

> 附记:农历七月还有一个节日,祭祀先人、普度鬼魂的七月十五中元节,也涉及荷花。清代潘荣陛、富察敦崇《帝京岁时纪胜·燕京岁时记》载:是夜人们用琉璃或彩纸制成莲花灯放于河上,数千盏随水漂荡;儿

七夕：凭荷渡银汉，牵牛过鹊桥

☆

童则持长柄荷叶，里面点燃蜡烛，透出青碧光亮，沿街唱游——后一好景，乃宋代的七夕遗风了。

这两种"岁时"合印的小书，是当初谷林先生分赠旧藏，我从他架上得来。到先生去世那年，我恰在中元节上京，行前重温了这些记载。当天即到先生家拜祭，睹遗物，听（其女儿）琐谈，感伤缕缕，此不俱述。那晚外出散步，没看到放河灯和荷叶灯，也有点感触，因来时飞机上还正好读到杂志介绍，20世纪40年代末北平的中元节仍盛行此风俗。

不过，今天处暑刚又从北京回来，携去应景而读的张次溪《北平岁时志》，作者在20世纪30年代便感叹，他以前所见中元节"荷叶满街，荧荧万盏，小儿女欢呼结伴"的盛况，已"尽似昙花，俄顷即散，无复流连之致"了。然而，人事代谢，亦世间常理，唯记取曾经的美景盛事，虽消逝也长久流连。

岁时花事

✿

2020年8月13日荷花生日起笔,8月22日处暑初稿,8月25日七夕改定

中秋：苏东坡与张爱玲，月魂与桂魄

岁时花事

✿

中秋将至,朋友圈连日桂花刷屏,有人幽言:"花香得让人恍惚。"(我也说过类似的话)有人妙赞:"今年桂花,苛捐杂税一样繁重。"有人沉吟:"眼前的桂花,远方的山河。"是的,虽然中秋还有其他时令植物,但桂花,无疑是绕不开的主角。相关资料太多了,自己历年都有几篇文章,这回只结合近期所读,专谈一位宋人、一位今人的中秋月与桂。

苏轼,写过很多中秋作品,除了广为传颂、所谓"自东坡《水调歌头》一出余词尽废"的那首《明月几时有》,另一词二诗,虽非名作,但包含了古代中秋月·桂文化的主要意象,可以作为这方面大量诗文的缩影。

词为《念奴娇·中秋》,其中"桂魄飞来光射处,冷浸一天秋碧",是形容秋夜月色的佳句。"桂魄",指月亮,古人将月球的阴影想象成月中有棵桂树,吴刚因学仙过失受罚砍伐,但这棵神树边被砍边自愈重生,吴刚与偷吃灵药的嫦娥一样,永远被囚于浩茫夜空中的广寒之宫,桂树也成为月亮的代名词。这个传说流传已久,典籍有唐代段成式《酉阳杂俎》采录前代志怪异书的记载,诗歌更是在南北朝时,南朝梁沈约《八咏诗·登台望秋月》便写"桂宫袅袅落桂枝"。大概因秋月明亮,月中阴影明显,而此时桂花盛开,所以人们将那"树影"定为桂树。

诗两首,是不同年份而都在中秋后两天的,《八月十七日,复

中秋：苏东坡与张爱玲，月魂与桂魄

☆

登望海楼，自和前篇，是日榜出，余与试官两人复留五首》之四："天台桂子为谁香，倦听空阶点夜凉。"《八月十七日，天竺山送桂花，分赠元素》："月缺霜浓细蕊干，此花元属玉堂仙。鹫峰子落惊前夜，蟾窟枝空记昔年。"——都谈到中秋的桂子典故。

前一首所记，是科举放榜时事。农历八月乃科考之期（宋朝更是设在八月十五中秋，见吴自牧《梦粱录》。按：该书对宋人中秋节——中秋明确为"节"，是从宋代开始——普天同庆、"丹桂香飘"的情形，有极美的描写），基于上述月亮与桂花的背景，古人遂以"蟾宫折桂"作为科举及第的比喻（月宫中据说还有蟾蜍，故"蟾宫""蟾窟"也是月亮的代称）。至于"天台桂子"，可结合后一首更为著名的天竺桂子来说。该诗作于苏轼任杭州通判时，他得到天竺山的桂花，分赠给知州杨元素。诗中"鹫峰子落惊前夜"，"前夜"便是中秋，至于所用典，一说天竺山"自天竺鹫山飞来，八月十五夜，尝有桂子落"。又一说，鹫峰指灵隐山飞来峰（古代灵隐一带山岭统称为天竺山），"灵隐有月桂峰，相传月中桂子尝堕此峰，生成大树"。宋代钱易《南部新书》记载："杭州灵隐山多桂。寺僧云：此月中种也。至今中秋望夜，往往子坠，寺僧亦尝拾得。"（参考清王文诰《苏文忠公诗编注集成》和常州市苏东坡研究会等编《苏东坡咏花木》之谭坤注释。）

这个"桂子月中落"的幻美神话，早在唐朝已入宋之问、白居易等人诗篇，而苏轼这首《八月十七日，天竺山送桂花，分赠元素》的特色，是借桂喻人。"蟾窟枝空记昔年"，以及"玉堂仙"，明指桂，暗喻杨元素当年登科折桂，曾为翰林学士（宋时称翰林院为玉堂）。因此，全诗既咏眼前送出的花，也写收受的对方，后面赞美桂花"清妍""孤芳"等，同时是对杨的称许，作为赠物给上司兼好友，实乃优秀而得体之作。

就在1074那年写此诗后不久，苏轼结束了在杭州的第一次任职，此去仕途辗转、际遇起伏、家人离合、心情圆缺，也见之于他悲欢交汇的中秋词。1076年有"千里共婵娟"的《水调歌头》，将思念弟弟的惆怅，提升为道尽天地人间世情本质的清通，空寥而奇迈，洒然之至。1077年的《阳关曲·中秋作》，则是终可兄弟团聚同赏美月，却泛起良宵苦短、佳期不永、来日苍茫难料的惘然："此生此夜不长好，明月明年何处看。"一语成谶，1079年中秋，"他凄凉地在解押到京途中，农历八月十八日进京入狱"（朱伟《四季小品》之《苏东坡的中秋词》）。因之被贬官，1080年《西江月·黄州中秋》遂云："世事一场大梦，人生几度新凉。"二语极是幽透，令我多年沉吟低回。但1082年苏轼仍贬居黄州时，所写的前述那首《念奴娇·中秋》，在"桂魄"的清凉中，他已回复"举杯邀月""乘风归去"的清朗飘逸……

之后又入京，复到杭，再入京。其间，苏轼虽有不得志，但总

中秋：苏东坡与张爱玲，月魂与桂魄

☆

体是位高权重了。之后，他却又一次以诗文得罪，晚年被贬岭南。然而，苏轼终归是内心强大的乐天派，且未能忘情桂花：1094年入粤时，《舟行至清远县，见顾秀才，极谈惠州风物之美》，是记他对贬所的想象："江云漠漠桂花湿，梅雨翛翛荔子然。"——仿佛去往蛮荒之地面对的不是厄运，因为有南粤花木代表的美好在等待着他；虽然明知背景是阴雨，但他只神往于湿润芳香的桂花、如火燃烧的荔枝，以此展现他对生活的兴味和对自然的热爱，以及乐观豁达、随遇欣然的人生基调。

那苍凉的月亮、雨湿的桂花，落到张爱玲的笔下，又是另一番意味。

这个9月底，是张爱玲百岁诞辰，9月初，则是她的25周年忌辰。有个小巧合：今年她的诞辰在中秋前一天，当年她的遗体被发现也是在中秋前一天。我从前曾不屑于有些人以此来发感慨，因为中秋及其寓意的团圆等，本是张爱玲诟病的文人滥情。但是，我自己昔年的《正为此我悼念你，张爱玲》，却也不由得抒了情：因为天上的月亮，而一下子想起庾信的句子："月逐坟圆。"庾子山之后，没有几人能写出这样精当而荒凉的月色了，张爱玲是其中一个，包括《金锁记》的著名开头："三十年前的月亮……像朵云轩信笺上落了一滴泪珠……"也包括有一年中秋，朋友谈重读张爱玲的两处月亮段落，一是范柳原之于白流苏，一是乔琪之于薇龙。而我在张爱玲逝世的那个秋天,看着繁华城市上空的满月,则深切感受到天荒地漠,唯一缕月魂,不为尘世所动,又令众生动容。

至于她作品中的桂花,参考蒋春林《花影流年——张爱玲笔下的花花草草》所罗列,恰好都是如苏东坡所说的"桂花湿":

在少女时代,张爱玲有一篇散文《秋雨》,记秋天百花瑟缩,"只有墙角的桂花……透露出一点新生命萌芽的希望"。是秋雨如网的灰暗世界中之亮色。

在创作鼎盛期,小说《桂花蒸 阿小悲秋》,从女佣的生活来审视社会与人生,题目指农历八月间桂花开时的闷热天气(该篇写作时间正是张爱玲生与死的公历9月),犹如老天爷在蒸桂花般令万物眩晕。但里面让我印象最深刻的话是:"下起雨了,竹帘子上淅沥淅沥,仿佛是竹竿梦见了它们从前的样子。"

到她后期的长篇小说《半生缘》,多角故事中,出现过一个三角场景:世钧、叔惠、翠芝坐在马车上,夜雨中各怀心事。幽幽的灯光,潮湿的石子路,同车不同步的对话和思绪,颠簸着无缘的寂寞,和毛毛雨丝般的怅惘。可是,最终世钧还是拉上叔惠走进翠芝的家,黑沉沉的花园,树叶积水滴在他们头上,"桂花的香气很浓"——这雨夜桂花当时所见证的场景,简直就是他们后来结局的预示。张爱玲总是令人嗒然的,哪怕小到这样不被人注目

中秋：苏东坡与张爱玲，月魂与桂魄

☆

的细节。

长期以来，我的张爱玲之缘，常常系于圆月清晖的秋季（与属于秋天的她有意无意地呼应）。今年、现在，则多了一个新元素，正是"桂花湿"。且说本文起笔于中秋前两日，是要在她生辰死忌的9月，留下一点私人印记；随后因公私杂务延搁多时，至今中秋已过了十多天，从写作上说是不惬意的。但是，最终却喜于又一次收获文字与植物之间的奇妙遇合：确定主题内容、动笔之时，自家桂花尚未开（所以开头只引用他人的朋友圈），到将撰毕的昨夜，出阳台浇花，忽然闻到清甜的芬芳，那棵老桂树终于开花了，甚感草木知心，专程凑趣。是日完成全篇则更巧，天气由前些时候"清如水明如镜的秋天"，转为漠漠阴雨，那一树繁匝的桂花，便正好直接对应张爱玲（以及苏东坡）的意象——遂恍然这番撰写是天意安排，仿如之前那些俗务乃上天特地派来阻滞，只为让此文等待这场雨中桂花，让我可以在身边的馥郁中，做出一点恰当的致意。

2020年9月底—10月中旬

后记

2021年9月12日压缩改写此文交付报纸

岁时花事

✿

时，补充了一个结尾：

《半生缘》原名《十八春》，写于张爱玲在大陆的最后时光；后来在美期间，她做了修改重写，让原本带时政色彩的圆满结局，回归到纯粹情感本位的苍凉故事，并换成这个书名。此后旅居美国直至去世，"人生几度新凉"。现在想来，苏轼那两句就像是说她："天台桂子为谁香，倦听空阶点夜凉。"

重阳：陶唱苏和，故人黄花

岁时花事

✿

一如桂花之于中秋,重阳节,菊花也是绕不过去的主打植物;而谈菊,又绕不过陶渊明。因为农历九月九重阳,自古就有采菊,特别是饮菊花酒以求长寿的习俗;陶渊明既留下在这天"出宅边菊丛中坐,久之"、仰慕者送酒来后当即喝至大醉的潇洒形象(沈约《宋书·隐逸传》),更留下"采菊东篱下,悠然见南山"(《饮酒·其五》)等淡泊出尘的千古绝唱,故而陶渊明与菊成为紧密相连的固定象征,尤其陶渊明作为隐士的代表,菊也成了"花之隐逸者",两者相得益彰。

这一问题的主流论调,可以王莹《唐宋国花与中国文化》所述为代表:辛弃疾所谓"自有陶潜方有菊",陶渊明将菊花推到了第一等审美形象。菊乃陶精神的唯一且最佳意象,是其人格的化身,并在陶诗中达到最完美的人格境界;菊是花中渊明,陶亦亲身演绎了菊之生命。清代张潮云:"菊以渊明为知己。"我觉得这虽是人类潜意识的自大、妄代植物表态,但也还说得过去;而王莹那本书更进而称:陶渊明于菊花有"知遇之恩"。这就是我不喜欢的那种面对自然高高在上的大人类中心主义了。

杨松冀《精神家园的诗学探寻》则从另一角度做出独到的分析:菊虽然是陶诗最负盛名的意象,但其实总共出现不过五六次,比松要少;不否认菊品可以象征陶渊明的人品,但陶爱菊初衷,主要还在于他注重养生,而食用菊花能延年益寿,出处是中国菊

重阳:陶唱苏和,故人黄花

✿

文化的源头、屈原《楚辞》说的"夕餐秋菊之落英",例证是陶的《九日闲居》:诗序云喜爱"秋菊盈园"的重九(重阳),可在"持醪靡由"即无酒可喝的情况下"空服九华"即服食菊花;诗中感慨"世短意常多,斯人乐久生",而"久生"的法子是"酒能祛百虑,菊为制颓龄",以菊花延缓、防止衰老。因此,杨松冀提出:"陶渊明爱菊之目的是值得我们好好重新定位的。"

这是难得地从生活实际出发的平情之论,但也只属一家之言。陶渊明《饮酒·其七》,写"秋菊有佳色","泛此忘忧物,远我遗世情",指用菊花浸酒(或泡水),饮以忘忧,可令遗世独立之情更加高远。袁行霈《陶渊明集笺注》就此认为:"菊于群芳谢后方开,似有遗世之情也。"这样理解的话,陶饮菊所取的还是精神意义,而非单纯养生。

杨著的那本"精神家园",副题是:"苏轼'和陶诗'与陶渊明诗歌之比较研究",指的是文学史上一个独特的类型创作:东坡因倾慕渊明,将几乎所有陶诗都次和原韵,留下100多首"和陶诗"。这是陶潜在后代影响的突出例子,也是苏轼晚年(这类诗绝大部分写于他被贬南方的生命最后几年)思想、生活、创作的重要表现。当中涉及菊花的,不少与重阳有关。

苏轼和陶的《咏贫士七首》,是贬居广东惠州期间、重阳将至时所作。这组诗的其三,写陶渊明"佳辰爱重九,芳菊起自寻",

岁时花事

☆

对应的是上述《九日闲居》,赞陶清贫而能以菊酒自适。之五亦明言重九背景:"芙蓉杂金菊,枝叶长阑干。"但下面记的是苏本人的贫寒苦况和牢骚:衣食无着,唯仿屈原,以菊花之"落英亦可餐"。

至于苏直接和陶的《九日闲居》,是他后来被一贬再贬至海南儋州时,在重阳前写的,对比陶略带忧愤之原作,这时东坡反而多了乐天知命的平和欣然:"鲜鲜霜菊艳,溜溜糟床声(指酿酒的声音)。闲居知令节,乐事满余龄。"——我今年因为向来在心的陶渊明之"误落尘网中,一去三十年",终于来到自己对应的时间;另因以宋代为年度主题,苏东坡是重点之一,遂特别关注苏轼的和陶诗。生日前买了一批这些书自寿,当天携一册《东坡先生和陶渊明诗》到海边作庆生之伴,读到"乐事满余龄"那两句,甚喜可为自祷之吉祥语。

顺便说说,陶渊明《归去来兮辞》记他终于能摆脱尘网,辞官回乡,见到家里"三径就荒,松菊犹存"。这是欢欣心情的反映,也是从此逍遥隐居的伴侣。陆灏兄知我今年心思,将他节临"松雪道人书归去来兮辞"和摹老莲绘陶潜小像的条幅赠我,所节选的就有这一段,让松菊田园的美好梦想,至少可以悬于书屋相对。而苏轼采用陶潜此篇字句向其致敬的《归去来集字十首》和《哨遍》,也一再出现这旧径菊花的意象。

重阳：陶唱苏和，故人黄花

✿

陶之《己酉岁九月九日》，苏轼和诗《和陶己酉岁九月九日》写："黄花与我期，草中实后凋。"赞美菊花在秋天草木凋零后盛开的品质，带有自喻之意。后面语意一转，认为"饮此亦何益"：若热衷名利则饮用菊潭之水得长寿又有什么意义。这用的是该诗小引所记"胡广饮菊潭水而寿"的典故，可见苏轼于菊花之所取，是有超越养生延年的精神追求的，也正与陶潜相合。

该小引还记写作背景："十月初吉，菊始开"，苏轼因此才与人补作重九赏菊之会。按：此诗是在惠州还是海南所作，历来有争议。有人将苏轼曾谓"海南气候不常，有月即中秋，有菊即重阳"归为本诗的东坡自注，列入其海南作品；还有将"十月初吉"记作"十一月一日"的；而清代王文诰辑注《苏文忠公诗编注集成》，则以长期在粤生活经验，指出广东菊花开得没海南那么迟，作为此诗写于惠州的佐证之一，以及写作时间应为农历十月。（苏轼惠州之作《江月五首》小引确也说过类似的随宜通达之语："岭南气候不常，吾尝曰：菊花开时乃重阳"；同样作于惠州的《丙子重九二首》，亦云此时"蛮菊秋未花"。）但无论如何，就像我十年前重阳所撰《黄花剩赚沈郎瘦》引证讨论过的：菊花往往在重阳尚未开放，是南方的普遍现象。

苏和陶诗中，还有并非关于重阳，但也值得重视的菊花描写。如和陶渊明《五月旦作和戴主簿》："手栽兰与菊，侑我清宴

岁时花事

❋

终。"该诗写于儋州。苏轼之南迁,一方面一路被追加贬谪,由岭南蛮荒之地再赶到海南这个更艰苦险恶的边远海岛,垂老投荒的他,在公开的对朝廷谢表和私下的与友人书信中都谈到生还无望,做好了"葬于海外"的准备,但另一方面又如该诗反映的,身处绝境仍旷达泰然,努力打造生活品质,躬自种植兰与菊。

他还在和陶《酬刘柴桑》中写:"红薯与紫芋,远插墙四周。且放幽兰春,勿争霜菊秋。"也是这种背景。按:此诗亦有作于儋州或惠州的不同意见,苏轼在两地都留下食芋的记录,但似在海南更为典型。总之,他曾栽薯种芋来改善生活,哪怕它们不如幽兰霜菊有春秋色香。

这缘于苏轼自表的"吾性好种植",一向喜爱栽培果蔬花木,即使播迁各地亦然。如在惠州营建农圃,留下《小圃五咏》,所写五种药材中的《甘菊》,既有"霜菊晚愈好"之赞颂,也有对世态的深沉寓慨,还记他的食菊,"空腹嚼珠宝"(指珠子菊,语意双关),是其深谙养生术、对菊花延年传统的承接。又如在儋州的《新居》,这是因当权者进一步加害、逼迁逐出官舍,苏轼被迫到城郊桄榔林搭建的简陋房子,但如此落魄中,有"畦菊发新颖"等草木相伴,就令他感到"寄我无穷境""俯仰可卒岁",园中田垄上的菊花,衬托出他心境舒朗的自得、安时任运的自适。

至于前引的"手栽兰与菊,侑我清宴终"(从写作时间可知,

重阳:陶唱苏和,故人黄花

✿

这是在落成"新居"之处,即其"畦菊"),我感到是比种薯芋、甘菊高一个层次了,由食用和养生作物上升到寄托性情的花卉,他从这兰菊中,得到"撷芳眼已明"的养眼之乐、自足之心。郑芳祥的《出处死生——苏轼贬谪岭南文学作品主题研究》,指出苏东坡之钟情花木,"可体会其对困境中富含生命力之喜悦","以及对养生、避死的热衷追求两方面",所举例子,就有这首《五月旦作和戴主簿》与《小圃五咏·甘菊》。(以上评介,另还参考了宋丘龙《苏东坡和陶渊明诗之比较研究》等。)

——在重阳日基本写好上面内容后,过两天我就前往海南,展开寻访东坡遗迹之畅游,看了海口的苏公祠、儋州的桄榔庵和东坡井,一路都未遇到真正的菊花,印证了前述花期的观点。

其中桄榔庵,就是苏轼自己命名的那栖身之所。这荒野村居环境恶劣,但"千树桄榔倚宅生,结庐人境效渊明"(清代莫敬谦《重建桄榔庵落成》),东坡安于陋室,读书写作,和陶诗正是在海南完成并结集。这处故居后来几度崩坏、重修,到如今我来寻访,又早因动乱毁弃而再次被湮没了,仿佛回复到苏轼初来时的冷僻荒凉。周围菜地杂生着些小野菊,在阴雨中寂寥摇曳,那份随处自长的顽强自在有点东坡的意思,但这种白瓣黄蕊的野地常见菊科鬼针草,并非当年此处的"畦菊",更不是苏轼所喜爱的正宗黄菊。携于旅途读的《东坡志林》,有一条记人说"菊当以黄为正,余可鄙也",苏轼因这句话很认可对方。对于菊花的颜色,他是推崇黄花的正统派。

这趟海南访苏,于菊花的最大收获,是行前和途中读李常生《苏轼行踪考》、朱玉书《苏东坡在海南岛》等,得知苏轼原来专门写过一篇《记海南菊》。里面谈他种了大片菊花,"艺菊九畹"(当即在桄榔庵所为);强调黄菊是"长生药",即着眼其养生功效;并再次论述花期问题,说这里菊花开得比北方晚,"至冬乃盛发",是因为"地暖",而"菊性介烈,不与百卉并盛衰,须霜降乃发",岭南则要到冬天才有霜的缘故。因此,他赞叹"独后开"的菊花:"天姿高洁如此,宜其通仙灵也。"这篇写于农历十一月的文章,说他此时才招邀客人来赏菊过重阳。(联系前引《和陶己酉岁九月九日》之"十月菊始开",确实从惠州到儋州,越往南花期越迟了。)此文乃苏轼通过亲身实践而对南方菊花作的一份较全面记载,是岭南植物的重要史料,也再次反映了东坡对菊花兼取实用与情怀的态度。

除了岭南作品,苏东坡写重阳、菊花的诗词还有不少,最后选两组略记一下。

《千秋岁·湖州暂来徐州重阳作》:"美人怜我老,玉手簪金菊。"《次韵苏伯固主簿重九》:"髻重不嫌黄菊满。"——这是我所喜爱的宋人簪花风流之例。

重阳：陶唱苏和，故人黄花

✿

《九日次韵王巩》："相逢不用忙归去，明日黄花蝶也愁。"《南乡子·重九涵辉楼呈徐君猷》："万事到头都是梦，休休，明日黄花蝶也愁。"——这一再重复的句子，背景是对好友王巩的挂念。苏轼曾对王以重阳菊花作戏谑，现则在同遭劫难、皆被贬谪后，以此"缱绻的旧情与无凭的人事，交织成寥落无归的沉哀"（李一冰《苏东坡新传》）。这也是成语"明日黄花"的出处，因重阳宜赏菊，以节后次日的菊花比喻过时无用。然而如前所述，菊花往往迟开（不仅岭南，苏轼另有《菊说》，指出因为宋人栽培嫁接、变易品种的技术发达，连菊花这样本来特别应时的植物都"不复与时节相应"，连京都开封这样的北方都至农历十月仍"菊不绝于市"），因而我完成于重阳节之后的此文，也可欣然于不完全算是明日黄花了。

> 2020年10月18日、农历九月初二起手，因案头《笺谱日历》这天采用金城绘菊花，题词是："只有黄花似故人。"11月初，海南归来后撰毕

下元：冬日访自力斋楼头种植记

岁时花事

✧

《节花小札》写到重阳,冬天原本就不在计划中了,因为重要的日子如冬至,已另归入二十四节气系列;其他一些中国传统节日,或影响不大,或没什么特别的对应植物。像农历十月十五,古代是祭祀祖先的下元节,道教还作为解厄排灾的水官生日,宋人更张灯结彩不输元宵,但现代以来已渐废,谈资不足。不过,恰巧杨宝霖先生就约在这一天,招我前往其自力斋观赏菊花,遂可喜偿素愿,一睹久仰的杨宅天台种植。晴冬楼头花间负暄,静日书斋对坐品茶,听老人讲艺花之道、栽培之得,菊之外还获其他草木新知,欢欣无量。

因而想到,历年多番拜访,杨老腹笥既丰,口才亦捷,每次都咳珠唾玉滔滔不绝,对所治的文史农史地方史、平生的读书经历与交往,随手拈来,牵藤带瓜,说到过多少学林掌故、昔年逸闻,令我饱享愉悦的受益受用;但止于侍坐听谈的如沐春风之乐,过后很少详记和整理,没有为老人留下些珍贵的快谈录。这回遂立心做一份笔记,保存其农事的一个侧面。之所以收入节花系列,一来,此行主题正是上一篇重阳写的菊花,其他涉及苏轼等亦与前文暗合,可视为延伸;二来如前述,这天刚好也是节日,放在此系列不仅相宜,还恰能填补冬季部分的空白。不过,毕竟下元节本身无可多述,再加上内容是访谈纪实而辅以相关背景说明、牵连发挥,这样的体例与之前各文不同,请读者视为特别的本系列

下元：冬日访自力斋楼头种植记

☆

番外之篇也。

一

杨宝霖先生以从小的爱好和专研的农艺，在楼顶天台养花种菜，自力自食自娱颇成规模，此事久有耳闻，记得本地报纸还报道过。他在2010年写了一首《楼头种植》，足为夫子自道，诗前有序，"春至矣，陶潜《归去来兮辞》云：'农人告余以春及，将有事于西畴。'余改二字曰：'农人告余以春及，将有事于楼头。'自一九八八年十月归莞后，即在八十多平方米之楼顶种植，庶几稍偿耕读之心。"诗云："寒气初沉暖霭浮，楼头种植当西畴。翻盆碎土新栽韭，插竹编篱早护榴。仲夏番茄霞欲染，初冬荷豆翠将流。披笺眼倦常浇溉，留得青春满小楼。"——可略见其盛况与情味。

这著述之余的都市躬耕图景，令我向往。杨老见我有同道兴趣，曾将收成慷慨分享，2017年12月冬至，他写下一笺："楼头艺菊仿陶家，碧叶细枝白玉葩。一盏幽香深夜静，助君情思笔生花。——楼头种杭州白菊冬月盛放，摘一盒敬赠胜衣沈君，并附一绝句以求斧正。"

按他的电话邀约，我于次日往访，坐在自力斋一楼的客厅兼工作室，欣赏楼上摘下的大堆雪白间黄菊花，品尝当即冲泡的金

岁时花事

✿

黄菊花水,闲话花事家常、背景来历,洵为缤纷香馥的岁末乐事。别时杨老还提着满满一袋手栽菊花相送出巷口,甚感老辈古风,情谊深重;更敬佩他精研农史的同时乐于农事,这种从书斋纸上到泥土田间的躬行精神。

得陇望蜀,我总想登楼看看其广种花卉蔬果的天台实景。多年间厚着面皮提出过几次,杨老都谦称上面太过杂乱、见不得人,遂唯有仰望而已——每到杨宅,都在门外仰头看看那被葱茏草木覆盖的楼顶。老人记住了我的渴望恳请,终于这回开放"自己的园地",2020年11月下旬,来电颁下雅令:楼头菊花现已盛开,来观赏和喝杯菊花水吧。——可破例让我上楼了,为之欢然。

二

杨老家是一栋四层高的自建小楼,从巷口就能看到一棵茂盛的簕杜鹃从院子到楼顶攀满半幅墙,灼灼红花在绿叶丛中怒放,暗寓着主人幽静中热烈的生命力。

走过堆满书籍的院子、客厅和楼梯——杨宝霖先生虽已将他的珍藏文献捐给了图书馆,但家中各个角落仍典籍琳琅,除了四部诸书、"自力斋编著(已出版者)"等专柜,仅扫一眼所见的已归类文稿资料,就有《旧梦留痕稿》《外地方志言莞事》《莞城诗词索引》等,见出老人治学之深富和勤勉——来到四楼天台,则

下元：冬日访自力斋楼头种植记

✿

是豁然开朗的另一片天地：周边各种草木环绕中，是数百株以白色为主的菊花，在晴明晨光中辉煌灿烂，养眼悦心。

花间的杨先生，精神爽洁，兴致勃勃地指点谈告：这楼边花槽里的一栏，是最早从杭州觅回的第一代杭白菊；这遍地密密匝匝的盆栽，是近二十年培育的多个新种……密集茁壮的花间，多挂有纸片牌子，他以朴劲而端丽的书法写着简要说明，略举几例："试验第三代大白，密瓣无香，心小瓣多，较传统杭白早放近半月，可保留。""试验第三代香小白，放花早约二星期。""试验十余代蜜香黄近定型，但时有苦黄，苦者色带淡，花型不散。""蜜香黄（试验已定型）"……其历年栽培和观察的心血可见一斑。杨老在花丛中穿梭，逐一解说，并在飞舞采蜜的蜜蜂相伴下，随手整理花朵和为护持花枝生长而搭的竹子、铁线，还一时采摘一两朵让我与其他品种比较，一时采摘一批装进他自己设计的挂在胸前的纸袋。冬阳和煦，清风徐来，天蓝云白菊如雪，辉映着满头银发、身披蓝衣的老人，一派喜乐盈盈的氛围，这般楼头佳景，让人心旷神怡。

还有些别的蔬果花木，后面另述。还有些别的话题，如杨老谈起小时候受父辈教导、种花养鱼以帮补家庭生计的童年记忆；又如他说这样读书写作之余的种植，是延续耕读传统，借此再次表扬我办的《耕读》。

岁时花事

✿

下得楼来,仍在客厅坐坐,又一次喝上杨老亲栽手摘、其夫人所泡的菊花茶,相对畅谈。——因为老人近年耳聋,我是大声说话兼写下问题作笔谈的。结合三年前那次的谈记,杨老楼头艺菊过程大致是:

二十多年前,著名书画家、陶瓷专家、美术教育家邓白先生回家乡莞城定居,将平生论文、绘画结为《邓白全集》,指定杨宝霖先生为编辑之一。故杨先生常去邓先生的主要工作地杭州,与杭州美术学院出版社及邓先生女儿联系,迨邓先生病重,杨先生为让他逝世前能看到全集出版,再专门赶到杭州打点(杨先生热心本土学人著述和地方历史文献的整理,类似这样的行动,包括为研究课题而远赴各地搜集资料,平生多矣)。因杭菊天下闻名,他顺便求取良种,虽然当地人说岭南难以栽培,他仍携回两枝,不但种植成功,还多年精心钻研,锲而不舍反复培育出诸多新种。其中最得意之作是,一次他发现原本黄蕊白瓣的杭白菊有一片花瓣变黄,就专门析出,通过分枝嫁接、塑料袋保护等方法,一年一代令花朵逐代逐渐变色,又将一些开花后苦味的去除(他对每一次培植的品种都亲自尝过),最后种出整朵纯黄且无论鲜闻或泡水皆如蜜清香者,即上述已定型的蜜香黄。——这次和三年前在他家喝的,就是以白菊为主而杂以少量此花,果然色香俱佳,清甘沁脾,非市面所售菊花可比。

下元：冬日访自力斋楼头种植记

✿

杨老并当场又以白纸卡片（原是他做的读书索引，将背面用于笔谈）写下一些他的"自种自名"："小蜜香黄（或曰蜜香小黄），有蜜香味，瓣疏，开迟。""小香白，全白，香（与蜜香黄味不同）。"……我也写了几句话向他报告："近撰苏东坡与重阳菊花的文章，发现他专门指出：惠州一带菊花到农历十月开（今天正是农历十月十五），海南菊花到农历十一月开。即其实南方菊花都不是重阳开的。"——很高兴这一观点旋即在自力斋又一次得到验证。杨老也说重阳赏菊更多只是一种文学典故。

我带走了这些笔谈卡片作留念，除了菊花说明，另还有一张，是他为潺菜随手所写，却犹如小品般的文字……

三

自力斋楼头种植，最初不是以菊花而是以蔬菜为主的。如前引《楼头种植》诗所记，包括韭菜、番茄、荷兰豆等，杨老日常"翻盆碎土""插竹编篱"；还自制肥料，提上楼顶灌溉——我看到天台就存着好几桶，是将剩菜、鱼骨等收集而成；他并告知一个秘方：在厨余里加入柑橘皮，可令不臭——这样的辛勤用心，每天都花约三小时劳作，栽出的蔬菜自然优质丰盛，多到自家吃不完；加上近年专注菊花栽培，蔬果等其他作物遂逐渐减少，但仍堪比一个小型农圃。当中有三种，是我这天所见所闻特别有意

岁时花事

✿

思的,先谈谈潺菜。

在楼顶其中一个棚架上,攀满一种藤本植物,叶片肥厚,椭圆略近心形;茎条红色,如线缠绕,上面结着已成熟的串串紫黑果子,颇是别致。杨老说:"这就是我们平时吃的潺菜,市面上卖的是茎叶;那柔软多汁的浆果,旧时女子用来染指甲。"说着,他就拿一串捏碎,果然手上即染了一层紫红。

他还说,这种菜苏东坡写诗赞过。到楼下闲谈时,便专门为我写了张卡片:"潺菜(莞人因其叶多胶质而滑,似潺,故名之),正式名落葵,一名藤线菜。苏轼在惠州,爱食此菜,认为不亚于杭州西湖之莼菜。"

——此物属于我心目中的"东坡南来草木"范围,刚从苏诗中留意到不久,正好岔开去顺谈一下。

诗是苏轼被贬惠州时写的《新年五首·其三》,记述南国正月的风景风物,结尾是:"丰湖有藤菜,似可敌莼羹。"藤菜与潺菜等,都是落葵的别名。落葵是指它像远古的"百菜之主"、后来已退出日常食用领域的葵那样,做羹口感滑美。因那种黏液丰沛的柔滑之状,粤语以"潺"来形容,故又名潺菜。另因它是凭借缠绕茎攀缘生长、如藤蔓状,故又名藤菜等。还因果子富含红如胭脂的色素,汁液可用作染料或化妆品,故又名胭脂菜。北宋苏颂在《本草图经》记载:"俗呼曰胡燕脂,子可作妇人涂面及作口脂。"

下元：冬日访自力斋楼头种植记

✿

苏东坡诗中将藤菜与莼菜对写，两者的共同点，就在于潺滑。莼菜也被与葵作类比，曾有水葵等别名，其芽叶胶质丰富，做羹特别黏稠滑溜。前人对该诗注曰："（东坡）先生尝言丰湖有燕脂藤（即藤菜），味滑美，大类莼。"

此外，我想苏轼那么写也许另有含义。莼菜无论出产还是做羹，都以杭州西湖最著名，而苏轼曾两度在杭州为官，西湖留下过他的美好记忆。至于该诗作为藤菜背景的丰湖，则是惠州西湖。此湖兴起于北宋，当时得名丰湖；苏东坡诗文里一般用这个名字，但有时也以西湖称之，且他与此湖有类似杭州西湖的紧密联系，后人遂将惠州西湖得名之功归于东坡，还感慨他去哪里都有西湖。虽然据载人们普遍地将丰湖改称西湖是后来从南宋开始（丰湖则变为其中一片湖面之名），但苏轼面对惠州藤菜而想起杭州莼菜，潜意识里确是将惠州丰湖与杭州西湖并举了（他这样联想对比的诗还有不少）。

我还想再深挖一层。藤菜"可敌莼羹"，而莼菜的典故是"莼鲈之思"，西晋张翰为了莼羹鲈鱼辞官归故里，莼菜遂成为思乡的象征。苏东坡用一个"敌"字，似乎指惠州藤菜可抵消乡思。一方面，对一直心系社稷的苏轼来说，他的乡思包括了成名所在的京都、朝廷所在的北方，时有"南迁速返"之念。但另一方面，与强烈的入世情结伴生的，是他同样凸显的出世情怀，无论去哪里都能随遇而安、豁达自适。故那句诗或是暗示他在湖美菜滑的惠州,连曾经带给他风光的杭州、连能实现他政治理想的京城,都可放下了。类似这样安于岭南贬所、不作北归之思,他曾多次表达,同一意象还出现于在惠州写的《四月十一日初食荔枝》:"我生涉世本为口,一官久已轻莼鲈。人间何者非梦幻,南来万里真良图。"——"轻莼鲈"比"敌莼羹"更明确,后句是更直接的宣言:万里流落来到他乡南方,也可乐观地视作人生良图。

当然,以上阐释有点过度联想了,其实没必要如此深究,那个"敌"字,也许像杨宝霖先生那卡片小品表述的,只是美食家苏轼吃到藤菜/潺菜大感舒爽,赞为"不亚于"更出名的莼菜,那样一种纯粹对蔬菜的品评、那样一种质朴的生活情趣就好。

四

本文写好上面部分,就搁下去了趟惠州,展开今年第三次寻访苏轼踪迹之旅。住在西湖边上,几度踏行包括丰湖的东坡履痕,第一个景点,是泗州塔,苏轼《江月五首》即写此,"一更山吐月,玉塔卧微澜"云云,是惠州西湖最早的题咏(该诗亦将丰湖比作杭州西湖)。这座古塔是地标性建筑,环湖皆可见,但信步至近旁观赏,却带出另一喜遇:看罢走下它所在的西山时,忽然发现脚边的台阶砖缝中,掉落着一些鲜亮圆润的红豆。欣然拾起,抬

下元：冬日访自力斋楼头种植记

☆

头看看两旁的遮天绿荫，见识了这种海南红豆树。捡获的那几颗红豆，是我从惠州带回的唯一，也是最好的纪念品，不仅因来自苏轼遗迹（虽然这树这豆与他无关），更因为，本文计划接着要写的，就是杨宝霖先生的楼头红豆，那巧合邂逅让此行前后文事接续，堪称无意中的天意。

话说那天在自力斋，看过菊花、藤菜后在一楼小坐时，杨老又从楼上带来一枝藤蔓相赠：小叶对生如羽状，中间垂着几个小果荚，掰开荚内两边分列着少则几颗、多则十数颗种子，椭圆，鲜红，而又顶端漆黑，黑斑内还有白点，彷如天工巧制的小小工艺品。杨老说，这是正宗红豆、相思子。

其实，这不是杨宝霖先生第一次送我红豆了，2017 年，在赠菊之前的 6 月，我就曾接其赐函，谈文事之外还有另一个信封，上以清丽书法题："一自沈郎分袂后，唯凭鸿雁寄相思"，落款署"自种红豆以为沈郎清玩"。——内装漂亮的相思子红豆数十枚，并连荚者若干。这样的厚贶令我既愧且欢，回信感谢得其手栽珍物之惊喜，是我首度赏玩这种红豆，由此欲深入了解，即网搜相关书籍资料；其间忽接来电，竟是杨老，可作书信外的畅谈。其再笑言"唯凭鸿雁寄相思"，具告那些红豆的背景——现加上这回在自力斋的面谈，综述如下：

红豆有多种，杨老自言其所栽所赐的，乃王维名诗"红豆生

岁时花事

☆

南国……此物最相思"之正宗者,因是红中带黑的鸳鸯色,本地传统即称为相思子。其他红豆是木本大树,豆纯红,没有这样可喻鸳鸯相思的色调;此相思子则为藤本植物,豆子有毒,叶子泡茶甘甜(按:这两个特征也可喻相思之状了),从前莞人杂于籂竹中栽种为篱笆,现已绝稀,杨老多方寻觅,从旧居获得移种。起初未能开花,杨老以竹子、水仙等开花之理悟出,乃于7月、8月不施水肥,两个月后红豆以为自己将遭旱灭绝,为传种遂开花了,此时方恢复浇灌,其长势良好而得结子。三年前是杨老此道的首获成功,当时便将长出的相思子匀了半数给我。

那个6月夏天收到的红豆,是成熟期,豆大而荚裂;现在冬日访自力斋所获一枝,豆荚还未完全长老,个子尚小,但已精致可爱。随即再次上楼,终于见到相思子的本尊全株——原来除了菊花所在的四楼整片天台,杨老三楼书斋外还有一个阳台,同样种着不少花草果木,在此欣赏这种岭南特有的相思子红豆,青枝翠叶,体态轻盈,从棚架攀缘直上屋顶,蓝天下羽叶珊珊,清阳中碎影斑驳,绿意里掩藏红黑相间的相思之色,煞是逗人。

五

关于红豆之多种,我在惠州西湖拾取的是海南红豆(或称海红豆),乔木,豆全体鲜红,比相思子扁平一些。此物我手头还有

下元:冬日访自力斋楼头种植记

☆

几颗更大的,是六年前另一位杨姓长辈所赠。篆刻家杨靖华先生,因喜拙作文字而垂爱结交,除了赐印章,还寄来两种红豆,信上云:一是20世纪60年代的桂林雁山红豆,送过给黄裳,余下的分两枚给我,其色偏褐紫,其形不规则,但有一面稍平,可供稳放于桌面,是其特征。二是三枚海南红豆,以供我对比区分。——皆为可爱之物,但都不如相思子圆润,且没有杨宝霖先生一再强调的双色:红如珊瑚黑如漆,仿如一雌一雄,才合相思之意。

名称或形态相同相近的红豆植物还有很多,比如做红豆沙、豆沙包的红小豆(赤豆),同样常作食用的红腰豆等;我案头的《中国濒危植物》台历之12月页,所绘的绿叶红果,是红豆杉科的云南穗花杉,又一种红豆植物,又一点衬托本文写作的巧合天意。

红豆以王维的相思诗意,也以其色美撩人,且历久而形色不变,向为文人雅士钟情。如钱谦益、柳如是的红豆山庄故事,摘豆贺寿,赋诗志喜,是这对乱世夫妻在巨大冲击中、在最后时光里的恩爱相悦。(有谓这棵红豆树是从海南岛移植到他们江苏常熟的庄园,那应该是海红豆了。常熟,我也曾有过欢心记忆的小游,可惜当时没去红豆山庄。)

近三百年后,陈寅恪偶然购得据说来自钱氏故园的红豆,触发起意笺释钱柳因缘诗,珍藏此豆二十年才酝酿成熟而起手,再苦心孤诣写了十载，留下他最后一部大书，"表彰我民族独立之精神、自由之思想"的《柳如是别传》。

陈寅恪该书还提到，他后来在桂林的广西大学任教时，"宿舍适在红豆树下"，遂拿那颗海红豆来作过对比。但他只指出大小之别，没有提到属于相思子的红中带黑这一明显特色；加上校址在雁山旁，则其曾日夜相对的，应是杨靖华先生赠我的桂林雁山红豆了。

除了记《柳如是别传》背景的《咏红豆》一诗，陈寅恪还一再写过"红豆长留世上春"等。它们都是他晚年在广州中山大学所作，今中大亦有海红豆，不知陈先生当时有没有看过。

钱柳红豆的风流余绪影响所及，嗜好红豆成癖的常熟人俞友清，在20世纪30年代广征文章编印成《红豆集》，我第一次接获杨宝霖先生红豆后，购得复印本作为自寿。该书汇各种考证、掌故于一册，堪称植物文学的雅集佳话。但贾祖璋《花与文学》的《红豆之话》却批评它缺少科学价值，是文人的"纸上空谈"；他梳理了历代文献、以植物学知识对十多种红豆进行辨析，稍为厘清了相关问题。如指出，在王维点明"红豆"一名的《相思》诗之前，唐代陈藏器《本草拾遗》已记相思子："生岭南，树高丈余，子赤黑间者佳。"——颜色即杨宝霖先生那种，但"树高丈余"（李时珍《本草纲目》也归为乔木类），又与藤本植物不合了。

下元：冬日访自力斋楼头种植记

✿

说贾祖璋只是"稍为厘清"，因为红豆植物繁多（他几十年前的此文已记我国产红豆有35种），王维所写的究竟是哪一种，始终是众说纷纭的笔墨官司，这里只再选两个类似陈藏器那样自己打架的代表性例子：

清代赵殿成《王右丞集笺注》，在注释《相思》时，引唐代李匡乂《资暇录》谓："豆有圆而红、其首乌者，举世呼为相思子，即红豆之异名也。"但接着又说这是种子"通身皆红"的大树，等于自我否定前面的意见而将两种植物混为一谈。

同为清人的陈淏子《花镜》载："红豆树，出岭南……鲜红坚实，永久不坏……俗皆用以为吉利之物。又有一种，半截红半截黑者，名相思子，土人多采以为妇人首饰。"伊钦恒注释认为前者是王维诗之所指，这还不要紧，但他却将原文明言"半截红半截黑"的后者相思子注为海红豆，亦即"通身皆红"者，也错得太离谱了。

且不再多纠缠名实之辩，我这个冬天的两次快意小行，得以接连认识相思子、海红豆自然生长的全貌，颇为欣悦；更又一次想到：手头几种红豆来自两位杨老之赐，见出老先生们注重以此物寄怀。红豆相思，古人并不限于男女情爱，朋友间也有这种表述的诗作，是赤诚友谊的一种象征。能有幸屡获长辈以红豆表达厚爱，甚感古风遗存之美意也。

——三年前曾拟写红豆,现方借此文才横生枝节略谈之,也算了了一笔心愿。然后,该回到杨宝霖先生的楼头种植了,因为当日我再上三楼阳台,其实起因还不是红豆,而是为了另一种更珍稀的植物……

六

在自力斋一楼品茗谈花时,杨老闲谈中说起他还种有吉贝,这一惊喜非同小可,比红豆和菊花等更为难得、更为意外:吉贝是古代最早的木本棉花,生长在南方,很早就被利用。后来引进了草本棉花,取代吉贝成为棉纺织主要原料,它便渐渐退出人们生活领域,以至于变为稀有植物。杨宝霖先生说估计现在全国都没有人种了,他早年与人探讨著名的黄道婆事迹,指出她在江浙传播纺织技艺,用的不是那时(宋末元初)才成规模传入中原不久的棉花,而是从早期棉纺织业基地海南岛带回的吉贝;有同事听闻后,特地由广东高州送来一棵吉贝,他栽于阳台以保留这一品种。

我闻之大喜,因为自己曾关注过相关话题,并记于旧文《时光擂台,红颜化白絮》,大意为:一、历史上的岭南,人们以吉贝(今名美洲木棉、爪哇木棉)的棉絮来纺布制衣,又称"木绵",甚至讹为"木棉"。二、同时还有一种木棉(别名红棉、攀枝花),至今还是南方很普遍的观赏树木,由于吉贝之"木绵"与"木棉"

下元：冬日访自力斋楼头种植记

✿

音同形近，都出自岭南，且后者也产棉絮，不少人遂混为一谈。但其实木棉的棉絮质量不具备纺织用途，一般只能用作枕头等的填充物。三、更进而的混乱，是后起的棉花，这种草棉引进之初，竟也一度被称为"木棉"。——此三者，在古代诗文乃至专门文献中，直至现当代专业人士的专著里，频频被指鹿为马、张冠李戴。

当然也有人对这个问题作了辨析考证和正确论述。苏轼《和陶拟古九首·其九》，说在被再贬到的海南岛，当地人"遗我吉（一作古）贝布"，让他可御海风之寒。对这吉贝，前人注释和引用的资料往往出现前述的与木棉混淆，而清代温谦山的《和陶合笺》则介绍两者之别："吉贝树不独出自海南，广州人多植之。树不甚高，枝繁叶密，秋间开花，中含白绵"；"木棉树高数丈，干长而直，春开红花，绵如飞絮，与吉贝迥异"。温是广东人，故可批评诸家误记是因为"未见其物，得之传闻"。另外，苏东坡《海南人不作寒食而以上巳上冢予携一瓢酒寻诸生皆出矣独老符秀才在因与饮至醉符盖儋人之安贫守静者也》一诗写："记取城南上巳日，木棉花落刺桐开。"上巳是农历三月三，这时花落的，就是木棉/红棉，苏轼在两处分别用吉贝、木棉的表述，表明他因久贬南方实地观察，也是能区分两者的。

就像之前谈潺菜所涉苏诗一样，我因今年集中读苏轼，特别

岁时花事

✿

是其"和陶诗",从"东坡南来草木"的角度又留意到吉贝,同样旋即可在杨宝霖先生处相遇。而且吉贝要比潺菜等寂寞得多:它本是古人衣服布料的主要来源,后却湮灭无闻;与之相混并称的木棉与棉花,现在均仍常见,木棉花色夺目,屡入文艺作品,棉花则具广泛的实用价值,它们都广为人知,唯吉贝隐没于古籍中了。——不意自力斋楼头还有实物。

遂即兴冲冲第二次上楼,在丛杂草木中、红豆藤蔓旁,找到了吉贝。正如温谦山的描述,其植株过人高,但远没有木棉雄伟。其叶大如手掌,中间围拢着刚刚结的簇簇棉铃,被绿萼包着,里面的棉花还未成熟吐露,但在蓝天白云下、清丽冬阳中,有一份朴实而动人的翠色,让我恍如有目睹古物重生之乐。

再度下楼,与杨宝霖先生继续聊天,他展示了自用的铜墨盒,里面浸满墨以供蘸笔书写的,就是吉贝棉。杨老说,吉贝因较高而难采,又棉桃小、产量少,故被草本棉花替代,他却种以自用,认为作墨棉要比一般用的药棉好。——原来多年所接其题字、来信的书法,就出自这种古意悠然的棉花,思之仿佛有接上源头的感觉了。

杨老还让我携回他去年留下的一团吉贝棉絮,里面包着黑色的种子。我不知道能否种活它来延续此道,只从他家里保存这种已被时代淘汰的稀见植物、他墨盒坚持用这种来自远古的棉花,

下元：冬日访自力斋楼头种植记

✿

不禁联想其人而唯有敬仰也。

七

这番自力斋的草木闲话，欢谈至中午，酣然辞出。杨宝霖先生依然守古礼送到巷口，临别还忽然想起而告知：看了我《节花小札》的端午篇附记，原文谈到榴花塔的背景有小误。令我可得改正，益发佩服杨老的熟悉史地和为文严谨。

又一次带着满盒新鲜采摘的菊花，以及红豆枝、吉贝棉归来后，回味杨老的可感情谊和莳花技艺之余，还另有一番感触。话说老人日前招邀去自力斋，固然是因知道我一直想参观其天台种植，趁菊花开放满足我的愿望；但他在电话中还强调：自己年纪渐老，多病体衰，以后不能再种了，因此让我一定要去看看……

在喝茶对谈中跟他家人说起这个话题，我的意见是：老人身体不好就确实不要那么辛苦大规模种植了，但也不要彻底放弃，可以适当保留一点，让他继续作为笔耕后的活动和休息，毕竟长期读书写作也需要放松，毕竟农事也是他的寄托。再者，这回看杨老除了听力障碍，其实气息颇佳，精神饱旺，说话仍是那样中气十足、口若悬河，思维和记忆依然敏捷过人，因此适度劳作应是没问题的。其家人也同意。——九百多年前的这天，苏轼写过《十月十五日观月黄楼，席上次韵》，结尾云："为问登临好风景，明年

岁时花事

还忆使君无。"但愿我这番登临所见好景,明年及今后都仍长在。

只是也心知,以后恐怕不会有那么多品种了,因此我在这下元节第一次看到的自力斋楼头菊花盛况,可能是最后一次。然而,已经历过太多的生与灭,见证过太多美好的结束,遂亦并无感伤,只有欣然:如果所有告别都能像这样,以一场绚烂的花事来观赏终结、以一壶清香的花茶来谈笑收梢,便已是可喜而难得的缘分。——那菊花的芬芳,还有潺菜的美味、吉贝的墨迹、红豆的相思,所有那些存在过的美好,都将永留在另一维度的时光中了。

2020 年 12 月 1 日至 30 日

后记:上面的原稿写好后,寄杨宝霖先生指正。辛丑上元,接先生赐函,谓过年期间重读一过,甚加奖赏:从文题到各节,都予以评点,乃至谬赞"行文有如春云舒卷,忽聚忽散,忽东忽西……形散而神不散"云云,另有些意思在 2 月 1 日我提前拜年时已面谈过,见于这节花小札系列的题记之立春后记。同时,先生也指出文中几处误记,并补充了与邓白的交往;更对我原

下元：冬日访自力斋楼头种植记

✿

文"（吉贝与木棉）是同科植物"一语提出疑问，因他早已留意这个问题，曾查阅资料而未能确定，现为我这句话，"又以五日五夜（至夜间十二时）翻遍敝斋所藏植物诸书"，终未可定论，建议"为稳妥计，删去（那几个字）为佳"。——老人的认真，令我汗颜，既感且愧，肃然起敬。

受益于杨先生数十年语文教师本色行当的严谨细致，按其批改意见删订好拙作，顺便正可就近期交往的特别之处补记两笔：

一是立春后、春节前，杨老托人转来《自力斋吟稿》重印本，再次题赠，辞曰："楞材烧后心仍热，顽石磨馀角尚棱。"此语颇令瞩目，因他赠书题诗一般有固定几句，如2019年1月送赠此书初版本写的："销磨岁月书千卷，浪迹天涯笔一枝"，也见他给别人题过，而这回的两句却是我首见。其背景，应该是那次提前拜年时，谈及一位欣赏推重的后辈学人，杨先生以其古道热肠，表达拳拳关切，并因之说起一些往

岁时花事

✿

事……当是以此余绪,才为我写下这一般情况下不会用、与其平素温文尔雅风格不一样的棱角自况。谈说沧桑时他曾用粤俚形容自己是"硬颈",也就是诗中的"樗材""顽石"之意了,甚感其风骨也。

二是关于本文第二节开头所记,自力斋院中的簕杜鹃。也是后来那次拜年时,听他和夫人闲话,原来曾因此树长得太过恣肆、影响了家居而一度砍去,没想到剩下的树头重又吐芽,再猛生到三四层楼高,继续如火如瀑般盛开红花。这种粗生粗犷的岭南家常植物,并非高雅名品,但形色可人,繁艳炽烈;尤其是顽强的生命力,加上枝条有刺("簕"就是粤语"刺"的意思),也很可作为杨老的象征。——与上述之樗之石,是有相通特质的。

谨以此致意,愿花长好,石长坚,人长健。

2021年2月26日,春雨蒙蒙而又火树银花的元宵夜

鸡报平安，蛋喻丰足，花开欢悦

岁时花事

✿

丁酉鸡年正月初二，展开"清泰之旅"，在泰国清迈，清宁安泰地迈入新年。到清迈的第一站先办入住，酒店门前的清荫绿径，路口是一棵形态清古、美艳清香的鸡蛋花树，嫣然迎我。鸡岁初启，游踪第一印象便是这鸡年花木，睹之甚喜，因我所处岭南的鸡蛋花，此时叶落枝秃，要到初夏才开，而东南亚气候致四时有花，可得开年应景。

清迈是泰国北部的古都名城、州府大城，又是悠闲慢生活的安静小城，风景清丽，气息清和，古迹清穆，花木清妍。在此间清爽地游走，清逸地闲逛，得享几日清平之乐。种种清妙景物中，鸡蛋花正是主题元素之一：在大街小巷、院落人家、各处景点都随时碰到，观赏之，可得红尘清娱；在周日夜市和各种店铺有大量以其为图案的纪念品，买一些，作为新春清供；至于在花树下清风中伴着落花，清闲地看一会儿书，更是浮生的刹那清福。

带在旅途上读的多吱《我的清迈我的城》，有一处闲笔谈"清迈的气味"，包括数百寺庙香火的气息、众多特色美食的味道，而排在第一项的是"鸡蛋花飘过的花香"。这一概括颇得我心，而且事实上，鸡蛋花正与寺庙、饮食紧密相连。其食用后面另谈，先只说我所见庙宇此花印象最深的一处：清迈诸庙中最古老（与这13世纪末的王国都城同时建造）的清曼寺，喜遇一棵我见过最壮硕盛大的鸡蛋花树，荫蔽了正殿旁半个院子，在清澈蓝

鸡报平安,蛋喻丰足,花开欢悦

✿

天下开满落满,非常震撼。如是我见,如是我"闻"(花香),则虽然此行还邂逅其他赏心、有缘的奇花异果,但百千繁艳中,这些鸡蛋花乃是鸡年新春最相宜的清欢了。

记得几年前,亦是春节年初二出门南行,往印度春游,在孟买神象岛一座远古的神庙石窟旁,也看到几棵极高壮茂盛的鸡蛋花树,同样繁花满枝,有当地小女孩拾起落花双手各执一朵走过。——印度和泰国佛教盛行,鸡蛋花正是佛教植物的一种。

这是因鸡蛋花的树、叶和花,皆形态别致、清雅可赏。其枝条肥厚,多分叉,有点像枝状的烛台;树冠开阔,亭亭如盖,婆娑遮荫;叶聚生枝头,修长硕大,洁净清透;花簇生枝顶,五瓣轮叠,花色娇媚,既清艳又端庄,所谓"形佳色正"(衔顺宝《绿色象征》);而且花香清甜,符合香花供奉之意。种种可人,遂成佛教"五树六花"之一。热带亚热带常在庙宇栽种,为此得了别名寺树、庙树。而我那次印度之行还联想到,鸡蛋花是没有花蕊的(藏在花瓣底部的花冠管内,外面看不到),这独特的"无心",或正见佛性。

鸡蛋花与佛教的联系,还有一段名实公案。鸡蛋花梵名贝多罗,但另有一种著名的佛教植物贝多,叶上可写字(其梵名本意就是"叶"),印度僧人用来抄写经文,称为贝叶经。贝多又叫多罗(属贝多的其中一种),二名见于多部佛经,唐人笔下经常言及（可能跟玄奘去古代印度取经回来的佛教传播有关，他的《大唐西域记》就有记述），如杜甫、李商隐的诗，段成式的《酉阳杂俎》。但到清代，因称为贝多罗的鸡蛋花传入，而人们将贝多、多罗二名合而为一，再与之混同起来，遂造成讹误，明明所写对象是鸡蛋花贝多罗，却当成可以抄经的贝多，如屈大均《广东新语》的贝多罗条，以及同属清初康熙年间的王士禛《渔阳诗话》等书记广州贝多，直到晚清光绪年间梁修记广州花事的《花埭杂咏百首》之《贝多》，等等。

当代已有不少人留意辨析，区分了二者，如梁修撰、梁中民等笺注的《杂咏百首》的《花埭百花诗笺注》，潘富俊一本《101种台湾植物文化图鉴》，桥东里著，周小兜绘的《花花果果，枝枝蔓蔓：南方草木志》；尤以杨宝霖《自力斋文史农史论文选集》的《贝多罗花考》，挖掘大量文献资料，作出全面深入考辨。诸家分别释贝多为贝叶棕、大王椰子、菩提树，此非本文主题，就不展开了。

鸡蛋花至迟在清初（17世纪中期）已经台湾传入两广。清代康熙时黄叔璥的《台湾使槎录》，记当地人所称的番花（表示来自外国）即此物，并指出这就是广东的贝多罗。他还引清代郁永河《台湾竹枝词》："青葱大叶似枇杷，臃肿枝头著白花。看到花心黄欲滴，家家一树倚篱笆。"——作于18世纪初的此诗至今仍

鸡报平安，蛋喻丰足，花开欢悦

✿

多被引用，因在古人涉及鸡蛋花的诗文中，它的描写较为传神，同时还可作为引进初期种植风习的背景资料。具体的引入时间，杨宝霖、潘富俊及何家庆《中国外来植物》，都明确指鸡蛋花是1645年由侵台的荷兰人带来的。

我几次去台湾省，留下印象的有台南孔庙旁的一棵鸡蛋花——此庙是郑成功打败荷兰人收复台湾后建的。还有日月潭边涵碧楼，看了一潭碧水旁的鸡蛋花，也看到刘秀英等著《涵碧春秋》，里面形容鸡蛋花的花色，"像一朵花中花"。

贝多罗之外，鸡蛋花早期有缅栀子之名（清吴其濬著、张瑞贤等校注《植物名实图考校释》）。这名字除了表示其清芬似栀子，"缅"字则指示了来历，因此虽然如前所述，一般认为鸡蛋花引入是从荷兰传到我国台湾、两广，但也不排除从东南亚传到云南的路径。

鸡蛋花再一个别名是鹿角树，形容它冬春时叶落后秃净的分叉枝条。那枝杈丛簇的样子很清峻壮观，别有朴拙苍劲的清韵，岭南草木常绿，难得有这么好看的落叶树，连阳光下斑驳交错的树影都是天然图画。彭焱《岭南花木镜》说这些"虬伸有姿"的枝丫，"是可以入画的清奇"。施荣宣《岭南派写意花卉技法》记画鸡蛋花的技法之余，赞其犹如风车的花朵为"南国佳人"，就同时也赞"落叶后弯曲的树干，如龙，其状甚美"。

岁时花事

✿

至于鸡蛋花的英文俗名Frangipani,源自罗马贵族弗兰吉帕尼家族,16世纪时该家族一位成员发明了一种香水,后来欧洲人觉得鸡蛋花的香味与该香水相似,便以此冠名鸡蛋花。也有说是这位植物学家弗兰吉帕尼首先发明从鸡蛋花中蒸馏出香水(迈克尔·乔丹《美丽的树发现之旅》,托尼·罗素等《树木百科全书》)。它在西方还有印度素馨、赤素馨等别名,这就像缅栀子一名之于栀子,是取其清馨花香犹如素馨之意,但其前缀的"印度""赤",却别有说法。

科林·塔奇《树的秘密生活》(商务印书馆)谈"夹竹桃科所有树中最知名的是赤素馨花树",它从老家牙买加和墨西哥等地引进印度后,有位考文夫人在《印度的开花树与灌木》中写道:"它的花儿香甜,飘香绵绵近乎一整年,开花、绽放、凋落,完美地回归土里。对于佛教和伊斯兰教教徒来说,赤素馨花树从钻出土壤起,直到枝叶繁茂,花团锦簇,一直拥有强大的生命力,象征着永生。"——这段话有几个重点可以补充一下。

一是关于原产地和引入印度。鸡蛋花原产墨西哥、西印度群岛等美洲热带地区,据潘富俊意见,最先是由西班牙人移至亚洲的(荷兰人引种到我国台湾是之后的事)。西班牙在15世纪末开始控制牙买加等西印度群岛,16世纪初开始入侵墨西哥。薛爱华《朱雀——唐代的南方意象》记,最能让西方人联想起

鸡报平安，蛋喻丰足，花开欢悦

✿

西印度群岛那芬芳香气的鸡蛋花，在印度一带却被称为金香木（champaka）。那是因印度有一种香花叫金香木（黄桷兰），欧洲人误把后者那富有东方情调的名字安到鸡蛋花头上，从而与他们"深爱的鸡蛋花混为一谈"，雪莱的《印度小夜曲》写道："午夜初眠梦见了你／……金香木的芬芳溶化了／像梦中甜蜜的想象。"——其实，他想象的是鸡蛋花。

二是关于绵延全年的花香，最高赞誉来自托尼·罗素："传奇的鸡蛋花被认为是世界上香气最宜人的花朵。"它的花期极长，在热带地区几乎四季不绝。

三是关于"完美的凋落"，鸡蛋花凋落后花形也保持完好，且维持鲜嫩与花香，这一点从屈大均记其"落地数日，朵朵鲜芬不败"起，就有不少人赞美过。

四是关于其宗教意义，吴淑芬《花的奇妙世界：四季花语录160则》说，鸡蛋花代表复活、希望、新生。

五就是它的名字，上引《树的秘密生活》中译本，正文里用的是赤素馨，而书后索引用的则是鸡蛋花。

赤素馨之名，显示此花以纯红为正色。鸡蛋花的拉丁文学名中有 rubra 一词，即为红色之意。这红花原种也很美，艳丽动人；此外还有其他多种色彩，我在清迈就看到过。但一般常见的是黄白花变种，花冠外部为皎洁的白色，中心基部为鲜丽的黄色，如

岁时花事

☆

前引郁永河的诗,以及"花中花"之说即指此。因这白瓣黄心像煮熟后切开的鸡蛋,中文通行名、学名为鸡蛋花(何家庆说此名始见于民国时萧步丹著《岭南采药录》)——变种成了正宗。

大部分人都更喜欢这黄白的鸡蛋花。其花色之美,安歌《植物记》有精细的描摹:"黄色和白色都那么准确、幼嫩、嘹亮而又含蓄,两色各成一体,而又渐渐相互深浸,不由让人感叹颜色的知心,竟也可以如此恰如其分。"吴淑芬则形容这种外白内黄为"金光内蕴",以此解释鸡蛋花成为礼佛之花。

至于鸡蛋花与鸡蛋的联系,当代张牧石一首诗有点意思(见周英主编《百花诗书画荟萃》)。他用《旧唐书》记开元年间二月寒食禁火、唐明皇以鸡卵相赠的故事来写鸡蛋花:"嗷嗷莫漫嗟饥馑,寒食差能馈此花。"从而让没什么文史典故的这种近世新花(鸡蛋花其实引入时间已不短,成为华南风土树种了,但毕竟少为北方正统文化关注),也能沾上一份古典情味、一点济世情怀。

香气四溢的黄白鸡蛋花确实可供食用,西方以之制香水和点心,中国传统则用来入药,功能去火祛湿,润肺解毒,特别是岭南一带,花晒干后是泡制民间凉茶五花茶的主要材料。此外还可煮粥和糖水,乃至炸、炒食用,不过安歌说得好:"我拣它回来,却从来没有想过炒它吃。对我来说,无论如何,它都是花。"

我很赞同安歌的意见,但五花茶还是不时喝的。然则,鸡蛋

鸡报平安,蛋喻丰足,花开欢悦

✿

花既是圣洁的佛教植物,又能供日常清热消暑,可谓兼具高洁和家常两种特质,出世与入世相结合,正如其别致的一花二色,是宜心宜身之佳物。

另一世俗家常意味,是南方家庭常见栽种。鸡蛋花极为粗生易长,插条即能繁殖,王士禛早就注意到它"无根可活",他曾从树上"戏折一枝,手植寓馆,时方雨,一夜郁茂"(《居易录》)。因此普遍见于热带、亚热带城乡各处,其极致例子,是陈英雄导演的《夏天的滋味》,在越南青山绿水间水上人家的竹排浮筏上,居然也有一盆鸡蛋花。

我自家阳台和楼下都种了鸡蛋花,相伴多年,赏之不尽。喜此南国嘉木——清代仲振履《虎门揽胜》记东莞虎门的鸡蛋花(用别名海垦花),称为"嘉树"——粗枝大叶,而又自然雅致。桥东里《花花果果,枝枝蔓蔓》则称这是他"见过的最优雅的树之一"。至于那花儿本身就更不用说了,夏日经常采几朵置于案头,娇美迷人之至,令人欢心又静意,在那黄黄白白的甜香中读书写作,可养闲兴;盛于一个冰蓝琉璃碟中来拍摄书影,是很好的构图点缀。也曾因在院中玩耍的小儿捧回一大堆落花,遂取两朵夹入刚读完的范成大《桂海虞衡志》(胡起望等《桂海虞衡志辑佚校注》),剩下的拢在一个大玻璃杯里,置于床头,让那淡淡花香陪伴入眠。

岁时花事

✿

有一回在文中写过:"楼下的水池边,两株曾引我岁月流逝之怅的鸡蛋花树仍在盛开。"具体是怎样的"流逝之怅"、怎样的心情背景,已经忘记了(这本身正是一种流逝的证明)。但有类似感受的不止我,鸡蛋花的香气总是撩动迷惘的往昔心事,唤起模糊的久远回忆。监制《岁月神偷》的张婉婷回到少女时代的中学,重见一棵鸡蛋花树怀念起往事,感言"学校的味道,就是鸡蛋花的味道"。诗人兼词人何秀萍则自表,她的歌词处女作、也是其最好的作品《那个下午我在旧居烧信》,里面"那花香的记忆",指的就是鸡蛋花。

因为写这篇文章,也因为一些细微的联系,翻出这首《那个下午我在旧居烧信》来反复重温,并且把两个版本接连对比着来听:整整三十年前的原版,后来原唱乐队分手时的纪念版《不一样的记忆》。后者推出适逢我大学毕业,与校园、与青春、与八十年代分手……"茫茫如水一般日子淌过",岁月是最大的神偷,只留下一缕烧信与花香混杂的气味。——但又或者说,哪怕岁月神奇到可以把它自己都偷走,却始终不能带走记忆的气息。

怅惘太过也大可不必,花开,总是人间的清吉。在频遇鸡蛋花的清迈一个清晨,半睡半醒的蒙眬间忽有点可洗俗虑的清心灵感,是想到"鸡蛋花"这个名字虽不驯雅,通俗无典,然而将三字拆开,却都是吉祥美意——就是本文所用的题目了。

鸡报平安，蛋喻丰足，花开欢悦

✿

其中，鸡之啼报，带来新的辰光，带来清晏清时。踏入2017新年后读建安七子，东汉王粲《从军诗五首·其五》有句云："鸡鸣达四境，黍稷盈原畴。"他以之对比此前的荒凉废墟，写出太平盛世之景，谓可"旷然消人忧"。这加上营养丰富饱人腹身的蛋、色香丰盈养人心眼的花，合起来：平安、丰足、欢悦，恰可作为新年，乃至人生的祝祷。

此行还有一个鸡蛋花的好收获，是最后一个上午，特意空出来随兴随性随便走走，在天地清朗的清迈老城，清新地迈步，漫无目的地漫游，沿路随意逛街、逛庙、逛店，又购得一些以鸡蛋花为题材的工艺品、明信片、贺卡、笔记、书签等。最惊喜的偶遇，是无意中在一间清静小店买到中意的两幅彩色版画，所绘都是红鸡蛋花树，簇簇盛放的繁花密密匝匝布满画面，清润丰腴，清颜娇艳；树下是清幽无人的农舍，却有一群鸡在落花中悠然啄食。——正好对应鸡蛋花的中文名。这是旅途风物与鸡年风味的完美结合，在临别时得此最佳纪念品，足慰清怀。

压轴的浪荡闲逛后回酒店收拾行李准备离开，那里还有一树黄白鸡蛋花在等着向我送别。这是今回住的第二间酒店，恰巧与第一间一样，门前也有一条专属的竹林小路，临街路口又是一树鸡蛋花。相比起来，这棵不像第一间那棵的清媚，而更清隽清秀，树身高挑清扬，花儿静美清莹。临走时在清亮的阳光中，仰首好

岁时花事

✿

好看了一会儿——来清迈之前,原本已想着能否遇上鸡蛋花开,可应鸡年清趣,没想到果然在第一站就遇到,更没想到最后一站也有此花,迎送有情。

这是对清迈最好的告别,也是鸡年美妙的开始了。且将这有鸡、有蛋、有花的吉意也转赠读者,祝福平安、丰足、欢悦地迈向新的清景。

2017年2月3日,鸡年初七、人日兼立春开笔;2月12日,元宵节与情人节之间完稿

鸡年鸡书鸡肋编

岁时花事

✿

这个丁酉鸡年,为添一份岁时书趣,新置了几种以"鸡"为名之书,中以宋人庄绰的《鸡肋编》,内容最有价值,读来最感合意,最值得一说。

作者身处南北宋之交,走南闯北,游宦四方,留意各地民俗风物,喜考据而治学谨严,又多结交名人文士,故而从朝廷事务到文坛逸话,从乡野异闻到书卷典故,皆能详悉广知。以其"博物洽闻"写下的这本《鸡肋编》,虽自谦如曹操"食之无所得,弃之殊可惜"的鸡肋,但300余条笔记包含了丰富的史料,且多得自亲身闻见,资料价值一向为人公认。举凡时事军事,政客文人,宫廷风云,市井琐话,宗教秘史,名家轶闻,诗文言语,风土人情,时令节俗,草木虫鱼……大者如雷贯耳,小者切实细致,虽编排散碎,却读得很有意思。

此书为人瞩目的,首先是与金之侵宋等痛史有关的政治、社会内容,具体翔实,且叙述鲜活,很有现场感。可我不贤识小,在重大史实之外,却更关注诸如花草树木的枝枝节节。比如有一条引宋代蔡京《太清楼侍宴记》,详写宫苑的景物与礼仪、君臣的对答与行止,叙述表面谦恭而实质扬扬得意,庄绰因之斥蔡京"不特欲夸耀于世,又将以恐动言者。然不知皆不足恃为荣也,而适足以为国家之辱焉",确是一针见血。然而我倒感兴趣当中"上亲以手持橄榄以赐""妃剖橙榴折芭蕉分余甘"的细节,以此宫廷风尚可反映宋代的植物文化。

这自然不足为训。书中有一条引王令论诗,云:"礼义政治,诗之主也。……鸟兽草木,诗之文也。……后之诗者,不思其本,徒取其鸟兽草木之文。"作者认同这种文以载道的正统主张和对鸟兽草木小趣味的批评。可惜我积习难移,无可救药,于其《鸡肋编》仍取这类花鸟情趣。事实上,庄绰对本草、农作物等也深有研究,关于植物的记载有很多,这里只选一些谈谈。

印象最深的,是记范仲淹有个曾孙女得了疯病,"尝闭于室中,窗外有大桃树,花适盛开,一夕断榍登木食桃花几尽。明旦,人见其裸身坐于树杪,以梯下之,自是遂愈",后来还得了善终好结局。——这个画面太美、画风太诡丽:名门闺秀,深夜从窗口爬到外面的桃树上,裸身安坐于树梢,采食桃花直至清晨,把一树繁花几乎吃光,其癫狂症也因之褪去。我看过的花木文化书籍,还未见有人引用这个传奇故事。桃花盛开的春日读之,很是震撼,虽知不经,却深感一种大自然的神秘力量。

其他如记兰蕙类别,"茎短,每枝一花者,为兰;茎长,一枝数花者,为蕙",正好对应我家新春开得清丽的两株蕙兰。记"浙中少皂荚,澡面、浣衣皆用(同类植物)肥珠子……故一名肥皂"。这大概就是肥皂一词的由来。记宋太祖未发迹时曾"卧于田间,而树阴覆之不移,至今犹存,谓之龙潜木"。类似树木有情于人、

岁时花事

✿

"日已转而阴不移"的故事在别处也读过,但庄绰特别有发言权(本书就讲了两次),因他曾亲自去看过这棵神奇棠木,还"为筑垣以护",砌矮石墙保护起来。记历代"嘉木"的典故,从对美树的态度看出人品。其中有位王义方,买了房子后因爱庭中嘉树,特地为此再补给原主钱款,"此又足见廉士之心也"。我看不仅如此,还足见对嘉木是真爱。

庄绰的宦迹包括岭南,曾在两广考察,对这"广南"(宋代的行政区域名)一带风习也有不少记述,包括花木方面,我作为广东人自感意外之喜。

最别致好玩的"广南风俗",是记僧俗混同,和尚可以经商、娶妻,而且"市中亦制僧帽,止一圈而无屋(指帽顶无覆盖之物),但欲簪花其上也"。宋人不分男女、朝野皆流行簪花,是盛代风雅;而在岭南更到了僧人亦要簪花,因光头就特制帽子的地步,真是"只应此地最风流",或者说是宋代风流的极致表现了。

又一条引苏东坡语"岭南地暖,百卉造作无时",然后以亲身经历,谈广东与江南迥异、不遵北方物候的花信,如我读写之时的"二月半梨花已谢,绿叶皆成荫阴"等;并引同样流寓岭南的韩愈"所见草木多异同"之诗——韩退之这首《杏花》,写"浮花浪蕊镇长有,才开还落瘴雾中",我由此处转折读到,才明白张爱玲小说《浮花浪蕊》的题目出处。

种种精彩,难以尽录。最后,对草木之外的鸟兽,只选一样来谈:鸡年之鸡。《鸡肋编》恰有一条应合书名与年景的:"人家养鸡,虽百数,独一擅场者乃鸣,余莫敢应,故谚谓'一鸡死一鸡鸣'。"即要待此领头鸡死后才有另一鸡出来鸣啼。这种独特现象颇有趣,但并不能一概而论,作者接着就说:"广南则群雄(鸡)竞鸣,又不可解也。"不过,这谚语至今仍流传粤港,说明还是有道理的。

也许庄绰的记载可从另一角度去联想:背离常规、迥异中原、不听主调、群鸡竞鸣,让外地人觉得"不可解"的,乃是南蛮之地的固有野性。(书中还记岭南岁除燃爆竹,人们集呼"万岁",令北方人惊骇,亦见出广东天高皇帝远的传统。)

这当然是过度阐释了。回归本书,就欣赏一下那些奇妙的桃花嘉木,在浮花浪蕊间听听鸡鸣,也够不负鸡年开卷。

2017 年 3 月 23 日,满城红棉已烧空几尽

八花图・水八仙

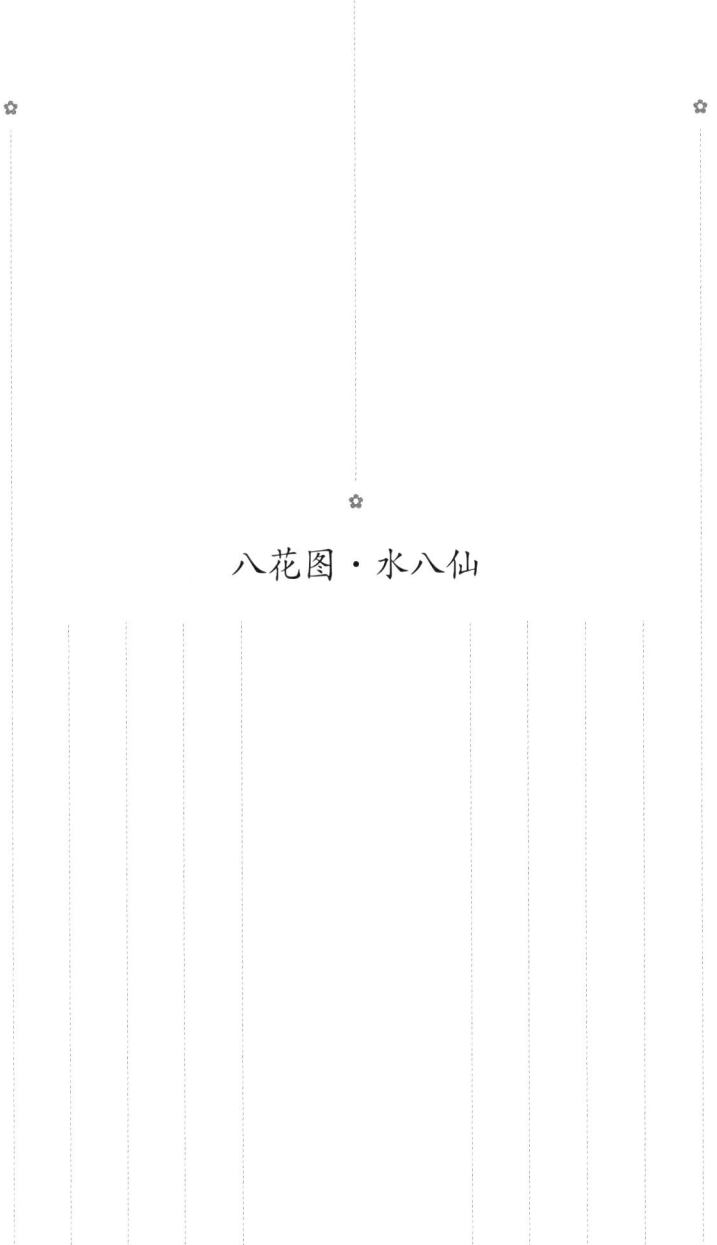

岁时花事

✿

喜欢给时日添上个人标记,以志流水光阴。近年的新玩法,是按照公历的年份、农历的生肖等,购读对应之书;这个2018年,元旦所聚便集中于书名含"八"字者,讨个口彩、凑个年趣,当中有自己偏爱的花木题材,《八花图》与《水八仙》,颇得开年佳意。

《八花图》是宋末元初钱选的作品,收入江西美术出版社的"中国画手卷临摹范本"丛书(2017年7月一版),简介略谓:钱选转益多师,精于艺事,是元代继承宋代设色花鸟一派的代表人物;此手卷以分段法绘八种花卉,设色清雅,笔力精到,后有赵孟𫖯题跋赞之。

新年初启之际,闲展长卷赏览,八花齐放,清妍动人,确为应时吉祥的养眼好意兴。不过,简介没有全部列举八种花名;查了一些资料,一般都只探讨画艺,指出《八花图》的美术史意义是体现了从南宋院体习气向"士气",即文人审美意趣过渡,但对究竟画了哪八种花,则笼统带过而众说纷纭。综合来看,我认为依次应该是杏花、梨花、桃花、桂花、海棠、栀子、牡丹和水仙。

钱选虽然写生精妙、一丝不苟,但为人豁达放逸,作品清新脱俗。想来此卷只是他率性所作,故而在精致逼真的同时不拘泥八股规范:各花相对独立,连大小比例都不一致,更没有严格按四季顺序排列。这也就导致了后人难以准确说明花名。

造成八种花言人人殊的另一原因,是那些蔷薇科的春花,杏

八花图·水八仙

✿

花、梨花、桃花、海棠,还有梅花、李花、樱花等,形态相近,容易混淆。起码我就经常傻傻分不清,尤其是每到江南赶上春,都乱花迷眼,只懂叫好而叫不出名字,聊以俞平伯的话自慰:"不能名言,惟有赞叹;赞叹不出,惟有欢喜。"

最近一次例子,是元旦前在粤中山区度个小假,归程忽见山路边有一片梅林,繁花满枝,雪白馥郁,欢然停车赏之。花好,青山农舍间的野外香雪;那种偶然的自然更好,并非计划中的安排,又非人造的景点,甚喜这样无意得之的偶遇,无人相扰的佳景。不过后来拍的照片发在微信朋友圈,却有人指出那不是我说的梅花,而是杏花。岭南春早,加上近年气候变暖,梅花杏花这时候开都是有可能的,但我懒得查辨了,也向来不用流行的手机识花软件(只守旧于传统的纸质花书)。就留一片又清晰清香又含糊不清的花影在心中吧,反正,回味的只是那份骤遇而喜的兴致——有时候我是个烦琐考证的花间书蠹,有时候却又但求随兴适意,就像钱选所绘,只在乎山林清趣,哪管得了诸花错杂。

这《八花图》值得具体一说的,是压轴的水仙。以前对钱选作品的印象,正在于从网上看过此图,视为我所见最清丽飘逸的水仙画。只是此卷中的这丛水仙,因为开本大而印得瞩目,颜色又较深,显得粗放野逸,以至于一开始竟认不出来。但是,这未尝不是水仙的另一面风度,既秀雅又蓬勃,才是水仙的好处。

岁时花事

✿

关于水仙,其实也没什么要特别说的,曾经恰巧都在新年1月,先后写过两篇文章,对水仙的文史资料方面已谈得差不多了,倒是想到一件现实中的小事——

以前每逢春节将近,父亲都会从花街买回两盆水仙,让我带一盆到自己家。他讷讷不善言,但心意是作为给儿子的过年礼物的。然而,我从小就父子疏淡,与父亲的关系一直不太好,以至于有一两次,竟对他送的水仙都嫌恶起来,以自家的年花已经太多为由不想要。记得母亲在旁劝说:"还是要吧……"如今,父母都不在了,过年再要摆水仙,就只有自己买了。

从水仙转到《水八仙》吧。这是一套大书的函套盒子上简洁镂空的名字,全名是《中国水生植物——苏州水八仙》,由汉声编辑室编著。水八仙,即莼菜、茭白、莲藕、菱角、芡实、水芹、荸荠、慈姑这八种水生蔬菜。汉声团队专注传承中国传统文化、研究民间风俗风物,他们用两年时间,组织到水八仙著名产地苏州的乡村调查、记录,将每种植物做成一册介绍,最后还有一册《救救水八仙》。

这个题材策划得很好,书也做得很好(虽然纷繁了些),所述从植物本身的科学知识,到具有地方特色的栽植生产管理,从历史典故、文学描写,到食谱等生活实用内容,再上升至人文视野中的农业传统追寻,思考现代人与自然的关系,颇为丰富深入。

八花图·水八仙

✿

详尽的采访加上大量实地照片、图片,让人看得明晰,读来长见识,生趣味,并勾起一些零碎的记忆。结合书中的记载和史料,以及顺藤摸瓜的延伸阅读,且来分述几种水中之仙。

莼菜,我很多年前第一次到华东,在杭州就特地点了西湖名菜莼羹,只为了其包含的典故"莼鲈之思",要试试是怎样的美味,让西晋张翰为了这些江南美食而辞官归故里。

莼羹鲈鱼因张翰而成了思乡的象征,却还可细辨一下。读《晋书·张翰传》,其人明智知机,洞见世乱,不恋名位,向有"求退"之意,以"思吴中菰菜(按:即水八仙中的茭白)、莼羹、鲈鱼脍"而回乡,得以避过后来的祸难。他就此表白的原话是:"人生贵得适志,何能羁宦数千里以要名爵乎?"然则首重的还不是故乡,而是与官位相对立的"适志",我觉得这层意思更佳。《晋书》并载张翰"本山林间人","任心自适,不求当世",有"使我身后,名不如即时一杯酒"之旷达名言。这样"纵任不拘"的人,岂独怀故乡慕美食,乃正求"适志"也。《世说新语》将此故事归于《识鉴》,对其语"适志"作"适意",两个词都很好。

当然莼菜入膳也确是历来有名的,古人贾思勰称之为食用水生蔬菜之首,"茆羹之菜,莼为第一"(贾思勰原著、缪启愉校释的《齐民要术》)。今人施蛰存更赞"莼于诸蔬中最为清品"(《云间语小录》)。但其实它本身无味,独特之处在于透明胶质黏液带来的额嫩滑口感,很是别致。

至于水芹的口感,我更有特别的体验了。去年秋走访一家本地农企,那里从江南移种了水芹,正逢成熟,采了做菜,结果我一尝,那刺激的味道几令无法下咽。

水芹本是著名蔬菜,食用历史悠久,《吕氏春秋》称为"菜之美者",以其特异香气,常入诗文、广受赞颂。但那种因所含挥发油而生的浓郁芬芳,并非人人受得了,《列子·杨朱》记载有人觉得芹菜等味美,推荐给乡豪,"乡豪取而尝之,蜇于口,惨于腹。众哂而怨之,其人大惭"。这也是自谦奉献微薄、不足当意之典"芹献"或"献芹"的由来。我自非土豪,可也无法接受其风味,现读到这句"蜇于口",正是当时感觉的最恰当形容了。

《杨朱》这个故事,前文是"昔人有美戎菽,甘枲茎芹萍子者,对乡豪称之"。中华书局版叶蓓卿译注《列子》,注菽为大豆,枲为麻,这都正确;但注"芹萍子"为苹,即藾蒿,则可一议。《诗经·鹿鸣》"呦呦鹿鸣,食野之苹",《尔雅》的晋代郭璞注(转见今人郭郛《尔雅注证》)谓此苹是藾蒿(按:此乃陆生蔬菜,并非鹿无法吃到的水中之萍)。这大概是叶注的出处。可是,"芹萍子"如何与之联系起来,"芹萍子"这一提法本身,都不明来历。再查张平真主编《中国蔬菜名称考释》,也认为《列子》的芹就是水芹,指出因为那乡豪吃来刺嘴,还得了"刀芹"的别称。有此旁证，则可佐本书《水芹》分册将杨朱所说认定为水芹了。至于原文的"萍"或为衍字，嵇康《与山巨源绝交书》中重述那个野人献曝兼献芹的故事，就写作"野人有快炙背而美芹子者"。

《诗经·泮水》谓："思乐泮水，薄采其芹。"这让水芹与读书联系起来：泮水河边的泮宫，后来成了学宫的代名词，各地学宫遂皆设泮池，栽种水芹，"采芹人"乃成为读书人的雅称。然而，这作为文史典故很美，偏偏自己吃不下，风雅不来，奈何。美妙的文学想象，总会与自己的俗气现实有所落差。

不过还可自辩一下。《列子·杨朱》篇，按叶蓓卿的介绍，又名《达生》，其主旨是要将名与实分离，"守名而累实"，虚名伤生害性，要"乐生逸身，任性纵情，才是悟道真人"。在那个野人献曝献芹寓言的前面，谈的就是"不逆命，何羡寿？不矜贵，何羡名？……此之谓顺民也"。即顺从自然本性的人。然则我想，安守苦寒的乡下野人固当秉持以晒太阳取暖、以大豆麻茎水芹菜为天下美味的本性，可那些被讽喻的富豪，他们吃不惯这些食物，又何尝不是自身性情呢。顺从自我自然、听任自己的性情、不逆天命就好，就是乐生悟道，而不必计较乡豪与野人的对立，也不必计较在食物上分雅俗，关键要如张翰的适志适意。

荸荠，则是水八仙中我最爱吃的。此物在两广称为马蹄，我前几年写的马年生肖植物书话已有详述，但当时在文史方面有一

岁时花事

✿

个重要的遗漏，可借此补说一下，是《庄子·马蹄》。

虽然，庄子实非谈"马蹄"，而是以开头"马，蹄可以践霜雪"的首二字为篇名。但其主旨，却恰可吻合前文说的率性任情、适志适意。他讲马本有自由自在的"真性"，却被人驯服、羁绊，本性遂死。由此谈人世，批评在诸多规范管理下，上古人与自然和谐共处的世外桃源，以及人们"天放"的"常性"消亡了，以此主张无为自化，重拾"素朴"的"民性"。——庄子描述的，马儿"龁草饮水，翘足而陆"，"万物群生，连属其乡。禽兽成群，草木遂长"的原始生态是回不去了，然而，正因此更应葆守我们存乎内心的"真性"也。

慈姑的味道也很有特点，是略带苦涩。它因根部生长着十多个膨胀的小球茎可食用，此形态被喻为慈爱的母亲而得名，李时珍《本草纲目》（柳长华等校注）谓："一根岁生十二子，如慈姑之乳诸子，故以名之。"恰好，我对此物的最早记忆就来自亡母，从前过年，母亲会以平时少用的慈姑入菜做团年饭，那微苦的口感一尝难忘。——慈姑冬末春初上市，因此在上海是传统祭灶食品，在广东也是春节团年、拜神之物。只是从今年起，不能再与父母一起吃团年饭了。

这本《水八仙》有着伤逝的基调。因水八仙在苏州的历史种植区随着工业发展而湮灭，汉声团队试图抢救传统的种植生产知识，保存祖先的生活习俗，进而直面乡土风物在现代化中的危机，探讨生态环境、农业命运等重大问题，对此作了深入的资料搜集。例如，我很喜欢的"荷花生日"（农历六月二十四），源起于苏州葑门外的荷花荡，明清至民国都有倾城而出观荷、纳凉、游玩的风雅盛况，张岱《陶庵梦忆》、顾禄《清嘉录》等均载之；本书《莲藕》分册采访到该风俗消亡的时间节点："在（当地）老人们的记忆中，大多认为新中国成立后就再也没看到有钱人来'游荷花'。""到20世纪90年代，黄天荡北部连带荷花荡一起全部被征收为工业园区用地，'游荷花'的习俗就随着荷花荡彻底消失了。"

水八仙之忧，背后是传统农业、本土耕作之忧，更是古典文化、生活方式与品位之忧，种种流失，几成绝响，折射出人与自然的失落。本书通过专家学者的访谈、研究，从技术层面到社会层面进行了分析，呼吁保留种植，倡导"有农城市"，读来甚生沉重同感。因为不限于水八仙，也不限于苏州，有关问题是当今普遍存在的。

仍以莲藕为例，过去也是本邑农业的一个亮点，所产占据中国香港市场一半份额，但现在本地产区已所余无几了。读了本书，即去走访一家莲藕农企，由此所知所谈，更有感触。一方面，很欣慰他们虽将大部分种植基地转移到市外，但仍以本邑的资金、

岁时花事

✿

技术、人才和品牌去运营,继续维持香港销售的半壁江山之余还进军东南亚,是适应新环境的另一种生存壮大模式;而科技也给生产带来了便利,从前挖收水下泥中的莲藕是项辛苦活(《水八仙》记载,苏州农民还发明了用脚采藕的绝技),如今则可用高压水枪在水底冲击来提高采藕效率,这是时代进步的好处。但另一方面无法回避的,是曾经辉煌的本地种植,因高速城市化、土地矜贵而大大萎缩,当来到剩下的藕田,冬收之后干塘清幽,放眼蓝天白鸟、蕉菜青翠,衬托这尚余田园清景的却是不远处正兴建的壮观路桥,不免有沧海桑田之慨。唯鼓励和共商,如何留住这些起步发家的原产地,如何支持他们融入新的发展元素;同时,发动搜集相关的农史资料,收入我们的《耕读》。这两者,都是以不同方式为城市化中的乡土尽点心意吧!

这也是我一向的想法了:且"耕"且"读",从实务和文化两个层面,去"坐言起行"。传统农业与乡村文明在逐渐式微,身处变动中的我们这辈人,有责任去努力做点实事,哪怕知其不可为而为之,都希求尽量赓续乃至光大,此为"起行"之"耕"。但我又总是觉得,人类前进的大趋势中,很多东西都难免消逝,美好消亡固然令人惋惜,然而世态变幻不居,旧去新来,也是注定的自然规律。那么,如果尽力之后无力挽天,就至少及时挖掘、记录一些传统农耕资料,也算是另一种延续,此为"坐言"之"读",

面对时代的命运,通过笔下纸上的形式,将曾有过的美好保存作记忆。一如汉声团队所做的,一如《耕读》所做的,在现实无法抵达的地方,让文艺驻足。

莲藕,李时珍《本草纲目》有一句赞语:"令人心欢,可谓灵根矣。"然则,正如前面谈的庄子、列子等,当世外桃源无法复刻,我们不可能逆天命,乃更要护持自我"真性",率意适志,力葆内在的"灵根"。——说这些,好像是连我自己都会揶揄的心灵鸡汤,但就当是此明丽冬日的一碗藕汤吧,且饮之欢欣地迎接新岁。

> 2018年新年新篇,元月十七日、腊月初一完稿

> 后记:是日过母亲旧居拜祭,无人寥落中,见阳台竟新开山茶一朵,寂寂中自在嫣红,采以呈献。

请婆婆笑纳狗之花

岁时花事

✿

农历新年后,我把手机屏保换成了几朵小蓝花,那是春节假期在杭州梅家坞拍的一丛阿拉伯婆婆纳,梅坞春早,清新的阳光映照那些精致的紫蓝,带来初春的喜人气息。更喜人的是,近日读到李叶飞"植物星球"公号的一篇《随着商人、士兵、马蹄、车轮从西方进入东方之国,无名无姓》,指出婆婆纳别名狗卵草,则我的戊戌狗年生肖植物有着落了。

每年写写与农历生肖对应的草木,是私人的应景凑趣;但今年颇费踌躇,因为要找一种名字含"狗"或"犬",而又有话题、有意思(最好还是漂亮的花),自己认识也能为较多人了解的(这样谈起来才亲切),真不容易。留心了一段时间,现在选作戊戌生肖年花的婆婆纳狗卵草,不足之处是后面这个别名粗俗;然而,这种小花,特别是其中的阿拉伯婆婆纳,精美动人之至,自己向来在心,还是值得好好谈谈。

狗卵草,指的是婆婆纳的果实形状。李叶飞文中说这个很多人不知道、被遗忘了的别名,见于清人赵学敏的《本草纲目拾遗》(刘从明校注),记狗卵草"结子如狗卵";而该书引了元人释继洪《澹寮集验秘方》的狗卵子草治疝气药方,于是他得出结论:"元代已经有了这种植物(婆婆纳),那个时候的人们已经叫它狗卵子草。"也就是说,这很可能是婆婆纳最早的中文名。它的下一次出现于典籍,集中在明人几种救荒野菜书,那时的名字则

请婆婆笑纳狗之花

✿

是婆婆纳或破破纳了。他认为,婆婆纳这种原生于西亚和欧洲的植物,至少在元代已随着商人、士兵、马蹄、车轮被无意间引入中国,到明初已经传播很广,随处可见;最早被郎中医家留意,以植物的特征来记录其名为狗卵子草,后来编撰那些救荒野菜书的明代皇室子弟、儒家学者,嫌此名不雅,遂改为婆婆纳,这个名字则是没有出处解释的。——这番考证我很赞赏,虽然还有可补充申说之处。

李叶飞文又提到,婆婆纳狗卵草在日本,有相似而更直接的名字,叫犬阴囊。查日人柳宗民《杂草记》,载阿拉伯婆婆纳名为大犬阴囊,动情地描写它是"宣告春天到来的早春风景诗",春风初起,娇小的花朵铺满田野,天蓝色的花瓣、洁白的花心,"格外让人欢喜";只是,"这样可爱的野花,却有个难以启齿的名字"。

然而,现在正逢狗年,这名字反而让我欣然了,因为如前述,2月的戊戌新年到浙江度假,又一次偶遇阿拉伯婆婆纳:年初二在西湖湖西的山野游荡,梅家坞茶园田边,发现匍匐于草地的小蓝花又开了。这种铺散蔓延的一年生草本植物很不起眼,却是我最爱的江南春色之一,那星星点点的翠蓝长期盈动于心。遂特地让她们在手机中日日相对,却原来无意中恰应年时,岂非妙缘。

与阿拉伯婆婆纳还有着前缘,且前两次相遇也都在江南春日。初识,是近十年前的烟花3月江浙行旅,其时乱花迷眼,种

岁时花事

✿

种陶醉,但仍留意到极为小巧的阿拉伯婆婆纳,无论山野林间还是扬州大明寺这样的古刹,那细微的幽蓝都过目难忘,视为最喜欢的野花,在纪行之文《走江南,幸琼花追随》中专门提了一笔:"……更蓝的野花阿拉伯婆婆纳,细小精致,那种又清纯又梦幻的蓝,尤其令我动心。"

随后,不但从友人处知道其名字,还在另一趟旅途中买到郭宪的《那些花儿》,里面有一篇《婆婆纳和它的一家》,正为此文而购该书,由之正式了解这种乖巧的小野花。其说法是:"婆婆纳是土著,源自中国。每年早春,总会开些很小的淡粉或淡紫色花。"在我国有 60 余种婆婆纳,它们"典型的四花瓣,左右对称,下小上大,花瓣上有数道颜色更深的条纹,在均匀中略有变化。还有一个明显家族记号,就是两枚突出的雄花蕊"。至于其中艳蓝色的阿拉伯婆婆纳,又称波斯婆婆纳,"有人考证,它一百多年前才从异国他乡来到中国","被植物界科学家认定为入侵的有害生物",但迷倒爱花人。

重逢阿拉伯婆婆纳,是某年的人间四月天闲游江南,又是在最后一天再到西湖苏堤的锁澜桥探访上次发现的一棵琼花,欢赏之余,还在桥下草丛中看到满地的阿拉伯婆婆纳,同属让人惊喜的恰好美遇,是那趟春色繁艳、酣畅迷醉之行的压轴花事。记得当时分绿拂翠、拨开垂柳的新叶,如孩儿般蹲伏在水边地上拍此

请婆婆笑纳狗之花

✿

蓝色小花,情形就像《那些花儿》另一篇《蓝花花》写的:"为它俯下身去,是摄影,也是致礼。"后来遭逢变故,包括此花照片都丢失了。然而春梦留痕,长在记忆中,始终还是心醉的回味,让人温柔欢喜。

这种美丽、纯净、几乎是早春最常见(特别华东一带)的野地小花,不少植物图书都以欢喜而温柔的笔触写过。如周华诚《草木滋味》赞叹它"居然可以美成这样","每一次看见成片的阿拉伯婆婆纳,都忍不住要看好久"。涂昕《采绿》将其形容为"眨着湛蓝色眼睛"的"大地派出的使者",是来察看春天的。

在西方,包括阿拉伯婆婆纳在内的婆婆纳属植物,也是各国自然读物中的常客。如德国玛格特·斯庞等著《那朵花的名字》,介绍了近十种婆婆纳,有一些趣味性小知识,并在花之外少有地画出了形似狗卵的果实。不过,该书把婆婆纳归为车前科,误,实为玄参科。法国热内·梅特莱尔的《大自然·一年》则把婆婆纳归为3月的代表花草之一,所绘同一片原野在一年中各月的变化,3月画面的草坡上就有这小花,一片青绿中隐现点点鲜丽的清蓝,仿佛天意般成为本文的写作背景。

阿拉伯婆婆纳是从西亚引种到欧洲的(据《那朵花的故事》等)。至于引入我国,何家庆《中国外来植物》记载了一个来历不详的说法,谓在10世纪前后(10世纪前后即宋初,按:此说存疑），并指出阿拉伯婆婆纳的名称始载于1921年的邝天锡《江苏植物名录》。——这个名字（包括别称波斯婆婆纳），准确地说明了其来源于西亚，但此名在早期并未统一。1940年初版的周建人《植物图说》，所收以路旁、田野的普通植物等为主，当中的蓝花破破纳，应即阿拉伯婆婆纳一名未规范普及之前的拟名，周氏三弟的清简文字说明中特别指出："这是很精致的野花，开得很早。"1995年印行的王绍卿主编《常见杂草图说》（湖南省农业厅编印），则以波斯婆婆纳之名收入。从这两本书的背景看，阿拉伯婆婆纳归化后扩散得很快，成了遍布南北各地田园荒野、乡村路边的有害杂草。但以其漂亮的颜值，后来又成功扭转形象，如江珊等编《野生花卉》，波斯婆婆纳（阿拉伯婆婆纳）的应用一项为："花小，极精致，具观赏价值。"因此甚至可作为园林绿化的景观植物。

上溯至古代的记录，就回到刚开始时的话题了。首先第一阶段，作为草药的狗卵草（狗卵子草），除了前引的李叶飞文章，随后在网上还查到一篇更早、更详细深入的学术论文，沈元杰等人撰写、发表在2012年12月《浙江中医药大学学报》的《〈本草纲目拾遗〉狗卵草的本草考证》，通过古今文献考证和植物学比较研究，经过各方面特征的对勘，论证出清代赵学敏《本草纲目拾遗》的狗卵草就是婆婆纳，始载于该书所引的宋元时期释继供

请婆婆笑纳狗之花

✿

《澹寮集验秘方》,从而将婆婆纳在文献中出现的时间上推到后书成书的1283年。

值得注意的是,沈元杰该文还提出,《本草纲目拾遗》记狗卵草"似小将军而叶较小",他们认为小将军(也见于本书,被称为"救疗垂死之圣药")即阿拉伯婆婆纳。假如这一分析正确,那么顺带可为阿拉伯婆婆纳的引入时间提供旁证了。赵学敏这部对《本草纲目》作补遗续编之书,叙述有小品风味,如狗卵草一条;引用文献繁多,如"小将军"一条。不过,他所引的医书典籍冷僻且多已亡佚,我一时难以查核最早的资料出处年代,权且就用《本草纲目拾遗》的成书时间1765年来计算吧,那么综上可以认为:

婆婆纳至少在700多年前的元初已较普遍见于中国,以至于被验证用作草药,由于距今时间较长,可视同归化为本土植物;阿拉伯婆婆纳可能至少在250多年前的清代乾隆年间,甚至更早,已引入我国,并同样入药。

再说婆婆纳在古史上的第二阶段,作为野菜,见于更广为人知的几种明代著作。最先是朱元璋的儿子朱橚编、1406年刊刻的《救荒本草》(倪根金校注《救荒本草校注》),收录灾荒时期可疗饥救灾的野菜,是我国乃至全世界第一部野生食用植物专著,其中"叶可食"部分有婆婆纳,记载略云:"生田野中,苗塌地生,

岁时花事

✿

叶最小……微花,如云头样。味甜。采苗叶煠熟,水浸淘净,油盐调食。"——此乃婆婆纳一名的首次出现。不过确实,该名所指何意难明,查过几本研究植物名称的专书都没有谈及。网上有人说是因为花瓣的纹理像老婆婆做针线活纳出的针脚等,属于以今逆古的倒推猜测,比较牵强。看来要么是朱橚所取,要么是采用当时的民间俗称,但其原因已经泯灭,只从此约定俗成留下这么萌的一个名字。

其次是1524年成书的王磐《野菜谱》(四库全书版今人影印本),作者乃有名的散曲作家,故该书的特色是除了文字说明野菜的特性、吃法,还各附一首歌谣式小诗,见其本色行当。他的同乡后人汪曾祺在《故乡的野菜》一文介绍,那些"近似谣曲的小乐府,都是借题发挥,以野菜名起兴,写人民疾苦"。其中收有破破纳,是婆婆纳的转化音,诗歌由此发挥曰:"破破纳,不堪补。寒且饥,聊作脯。饱暖时,不忘汝。"

再次是1622年刊印的鲍山《野菜博录》(王承略整理),此书被指为抄袭剽窃,从婆婆纳一条也可见出,基本照搬《救荒本草》,只改了一个字,将原著对此花的美妙形容"如云头样",变成"如云影样"。不过,其配图艺术效果颇佳,比起朱橚动用皇室力量的画工所绘、身为画家的王磐所绘,以及下面几本书的图谱,都要精美,以至近年有人专门集合该书的插图制成书签。

请婆婆笑纳狗之花

✿

到明末,1639年刻印的徐光启《农政全书》(陈焕良等校注),略有调整地收录了《救荒本草》和《野菜谱》,以此著名农业百科全书的地位,进一步推广了包括婆婆纳在内的野菜。

进入清代,几部大规模的类书专著《广群芳谱》(清汪灏等著)、《草木典》(清蒋廷锡等编)和《植物名实图考》,都收有婆婆(破破)纳,但均照录《野菜谱》和《救荒本草》,没有增添其他内容、特别是没有对其美学特征的描写。也就是说,一直到此时,婆婆纳都不是观赏花卉,所以其他花书也不曾收载,而只以救荒野菜书、农书和本草书(《本草纲目拾遗》)中的面目出现。这大概是因为,早已生长于本土的其他婆婆纳,形卑花小,不被重视,要等此属植物中最漂亮的阿拉伯婆婆纳引入、蔓生到各地为人熟悉后,才改变其地位。

不过,婆婆纳却又见于古典文学名著。从张娟等编著《草木有本心》的阿拉伯婆婆纳一节得知,原来《西游记》写过破破纳。据之检出第八十六回《木母助威征怪物,金公施法灭妖邪》重温,倒是读出一些意味来。

故事讲在隐雾山中,孙悟空除掉了掳走唐僧的豹子精,顺便救出一个樵子;樵子邀唐僧师徒到家里做客,煮了数十道野菜慰劳他们,中有:"看麦娘,娇且佳;破破纳,不穿他。"——以菜名打趣编排。中华书局版李天飞校注本《西游记》,引王磐《野菜谱》来注释,该谱与《西游记》的成书年代相近,这一选取是很得当的;但李天飞在破破纳一条还加了一句:"即婆婆纳,又称地黄。"地黄,一般是指玄参科的另一种植物,根茎晒干、制作后即生地和熟地,形态、花朵等与婆婆纳并不相同。

话说那个故事,樵夫带唐僧一行去自己家,路上是劫后重生的优美山景,来到地僻云深处的竹篱茅舍,樵夫的老母亲迎候,母子团聚,喜极而泣,安排饭菜酬谢。——如此细细写下来,让看惯了前面沿途诸种凶险的读者,不禁要担心这是否是一个局,比如破破纳等野菜有毒,或者老婆婆会忽然变成妖怪,把唐僧拿下。然而并没有,师徒们只是饱餐一顿,又收拾起程,还写了那老母亲的再三拜谢,樵夫的依依相送,唐僧与他絮絮对话后,才分手继续西行。没有阴谋,没有套路(整个过程甚至几乎不提向来细心多疑的孙悟空),两页纸的内容没有特别用意,就只是岔开的一段闲话、插入的一段闲文。

这却反而更可玩味。取经之旅,历尽艰辛,该容许偶有这样的放松轻快:不用揣度对方,无需多礼客套,只笑纳一顿农家菜,说些家常话,萍水相逢,也可亲厚,歇脚之后、纵然依依也就此别过,重新踏上征程。——读来让人忽生温暖。

生命的旅途也如此吧,在辛苦严峻的重大关节之外,会遇上一些可宽怀的闲情,那可能只属漫漫长路偶然岔开的一笔,没多

请婆婆笑纳狗之花

✿

大意义,但一份人情,便已是慰藉、是幸运,值得像吴承恩那样给予记取的篇幅。又好比春花纷繁,目不暇接,但别忘了脚下还有阿拉伯婆婆纳的小蓝花,同样是可赏的美意,值得低头垂注,虽然细碎,仍是人生苦旅上该珍视的闲笔。

> 2018年3月21日春分起笔,3月28日、农历二月十二、第二个花朝节完稿
>
> 后记:到四月,竟重新找回六年前这时节西湖苏堤桥下的阿拉伯婆婆纳照片,清蓝一帧,娇姿动人。是写作此文的意外收获,也是前缘后缘重新接上的珍贵花缘,足为惊喜的象征。

枸杞古事

岁时花事

✿

先从一套书说起,中华书局今年新版的清代吴其濬《植物名实图考》(以下简称《图考》)和《植物名实图考长编》(以下简称《长编》)。"图考",收录1700多种植物,在征引前人著述的基础上,通过实地实物的寻访观察和严谨辨析,作出详细记载,其中一是集中反映植物的生物学特征,二是注重对同名异物或同物异名的考订。附有精妙插图,是19世纪一部具备现代科学性质的划时代植物学巨著。此书广受好评,惠泽后人,我多年来受用不少,也买过不少版本,经常参考、转引。

相对来说,《长编》的名气和影响逊色得多,因它只是吴其濬为《图考》作准备的原始材料汇编,广搜、罗列古籍中前人的草木记述而已。但资料繁复,收录植物虽仅800多种,篇幅却超过《图考》——《图考》引用文献400余种,《长编》则达800余种。据研究者指出,它保存的植物学文献数量超过历代任何一种本草和植物学著作。

因为《长编》有极高的文献价值,但又少被人关注(中华书局这次重印二书,《图考》3000册,《长编》却只有2000册),倒勾起我的兴致,想要首次用一用该书。日前,与同事商定下一期《耕读》冬季卷的封面主题是枸杞,作为这个狗年的年度植物压轴,遂翻检《植物名实图考长编》,从吴其濬饱览的古书群籍、辑录的草木资料中,看看枸杞的典故。

枸杞古事

✿

枸杞早在《诗经》已经出现,如《小雅·四牡》的"集于苞杞"。《长编》选了三国吴陆玑《毛诗草木鸟兽虫鱼疏》对此句的注释,谈到枸杞"春生作羹","子秋熟正赤,茎叶及子,服之轻身益气"。说明枸杞的食疗作用由来已久。而由此,也可见《植物名实图考长编》的价值:《植物名实图考》的枸杞条,对陆玑此说只是简要的摘录综述,没有上面那几句原文,因此如果光是看《图考》,没读过陆氏原著或不参照这部详实的《长编》,对史料的使用就容易出错,理解也没那么全面。

这几句早期的重要记载,"春生作羹",是指嫩叶可作蔬菜、做成羹汤,广东人至今都喜欢吃枸杞叶,常见做法就是和猪肝一起煲汤。"子秋熟正赤"的鲜红枸杞子(中华书局据商务印书馆旧型翻印、未署校点者的该书这一段,将原文点校为:"其茎似莓子,秋熟正赤",误,逗号应放在"其茎似莓"后面),则是更普遍的冲泡饮用之物。——通过栽培发展,现在吃叶和吃子已分为菜用枸杞和药用枸杞两个品种了。

《长编》的诸多枸杞资料,关于疗效,还有比"轻身益气"更强大的补肾益阳、延年益寿传说,被喻为仙药;另辑录了各种食用和种植的方法,以及与枸杞相似、近名的植物之名实考辨,等等。不过,我最感兴趣的是一个故事:

吴其濬先转录《农桑通诀》所记:"朱孺子幼事道士王元真,

岁时花事

✿

居大若岩。汲于溪,见二花犬,因逐之,入于枸杞丛下,掘之根形如二犬,食之觉身轻。"然后又引《续神仙传》,是更详细的演绎,说那个学道的童子朱孺子在溪中洗菜,忽见岸边出现了两只小花犬,他追着它们跑到一丛枸杞下就不见了;朱孺子回去告诉了道士王元真,王也觉得很奇怪,于是和朱一起回去悄悄窥望,又看到那两只花狗在嬉戏;他们把二犬逼回枸杞下、二犬再度消失,两人往下挖掘,挖得两块枸杞根,形状就像花犬,坚硬如石;他们将枸杞根带回去煮食,食后不久朱孺子忽就飞升到前面山峰上,拜别惊呆的王元真,乘云远去了。

不过,这仍不是最终版本。我读时就寻思,为什么两人一起吃枸杞根却只有童子能升仙,令身为导师的道士都目瞪口呆。随后杂览翻书,恰好从谈瀛洲的《人间花事》看到转引《续神仙传》这一篇全貌,原来后半截一些重要环节,收入《长编》时被吴其濬遗落了:挖得枸杞根后,那童子负责添柴看火,一直守候在灶旁,煮了三天(对应前面说的此物之坚硬),并先偷食后才告诉道士说煮好了,让他来同吃。大概因为辛苦操劳之功和"先饮头啖汤"之利,那通灵变化的枸杞根之神奇功效便全归了这小孩。

谈瀛洲书中解释了这个故事:"按照中国本土产生的道家观念,较低级的生物经过修炼之后,可以化身为较高级的生物。"所以枸杞根能变花狗,人也能成仙。至于为什么枸杞变的是狗而不是其他动物,因为五行中狗属土,这是暗示枸杞汲取土地的精华成了精。

李时珍的《本草纲目》,对枸杞的释名提出了重要的且与上述相关的意见:"枸、杞二树名,此物棘如枸之刺,茎如杞之条,故兼名之。道书言千载枸杞,其形如犬,故得枸名,未审然否。"

先讨论这段话的前半部分。李时珍说古代枸、杞是两种树的名字,其实还不止于此。《诗经》中就有"枸"有"杞",其中"枸",是枳椇;但出现得更多的"杞",所说的也不是同一种植物,除了枸杞,还有杞柳(旱柳)和枸骨。(参见潘富俊《诗经植物图鉴》;吴厚炎《〈诗经〉草木汇考》)也就是说,枸杞在远古以"杞"为名,与"枸"无关,虽然"杞"亦并不一定都是枸杞。那为何后世称作枸杞呢?李时珍的解释是,它的棘刺像枳椇,枝条像杞柳,所以兼用两者的名字。顺便说说,中国医药科技出版社的柳长华等校注《本草纲目》,此处有严重的文字误植,将"棘如枸之刺,茎如杞之条"印成"棘如杞之刺,茎如枸之条",所比拟的两种植物合身为一,"兼名"便无从说起了。

再看后半部分,李时珍又指出,道教典籍说千年枸杞的形状像狗,所以在原本"杞"这个名字前加上了与狗同音的"枸",这是枸杞的另一个来历。——按照植物命名的法则,前面以部位形态来定名,是有一定科学道理的;但后面的附会传说,也是民间常见的取名方法,因此李时珍没有轻易否定,"未审然否",他也不知道对不对。

这里的"道书言千载枸杞其形如犬",就是《续神仙传》《农桑通诀》故事的衍生了(类似记载后代仍有出现,刘禹锡遂有咏枸杞诗曰"根老新成瑞犬形",苏东坡亦云"千年枸杞常夜吠",等等)。虽然荒诞不经,却也很好玩,既为狗年增添一种生肖植物(我原来选枸杞时只是考虑谐音,没想到真有说法),又可看到一份神秘因缘:

枸杞修炼得道,童子也因之得道,各各相得;枸杞吸收了地之精,童子再吸收而成天之仙,仿佛大自然的循环造化。这是一幅意味深长的画卷,植物与动物、与人连接,天与地交融;而在此画面中,深山溪边嬉戏的花犬,尤其可爱,是这戊戌狗年的又一好景了。

> 2018年10月20—21日,重阳与霜降之间,因一杯菊花枸杞水而兴起,在桂花的馥郁浮香中撰之

韭菜春秋

岁时花事

✿

一

选了韭菜作为2019年的"九之植物"后,遇到两个恰好。

一是收到本邑硕儒杨宝霖先生所赠《自力斋吟稿》,乃老人搜拾平生诗词百篇,自印百部的仿古线装本。这些"销磨岁月书千卷,浪迹天涯笔一枝"(题赠笔者句)的作品,有不少我感兴趣的内容,冬阳中披览,洵岁暮乐事。比如《楼头种植》,记录先生在自家楼顶天台种植蔬菜草木的情状,诗云:"寒气初沉暖霭浮,楼头种植当西畴。翻盆碎土新栽韭,插竹编篱早护榴。仲夏番茄霞欲染,初冬荷豆翠将流。披笺眼倦常浇溉,留得青春满小楼。"——这幅令人向往的都市耕读图,葱茏繁盛农作物中首先出现的,就是我正打算写的韭菜,颇感相合之喜。

二是本文在戊戌年腊月十六起手,看到扬之水、廉萍编的《古人的日子》台历,这天选诗为唐代元稹《生春二十首其一十三》:"何处生春早,春生稚戏中……女儿针线尽,偷学五辛丛。"注释谓:五辛丛即五辛盘、五辛菜,是用葱、蒜、韭、蓼蒿、芥五种有辛辣气味的食材做成的菜肴;并引李时珍《本草纲目》:"五辛菜,乃元日立春,以葱、蒜、韭、蓼蒿、芥辛嫩之菜,杂和食之,取迎新之意,谓之五辛盘。"此时大寒已过,下一个节气就是立春,新春已在路上了,动笔写韭菜而恰闻此古俗,甚喜得其时;这跟巧遇杨宝霖先生"春至矣"的"新栽韭"一样,是很好的

韭菜春秋

✿

背景。

二

韭菜,多年生宿根草本植物,原产我国,现在是极普通的大众蔬菜,却有悠久而显赫的历史,在几部远古的元典都已收载。

起于战国、成于西汉的我国第一部重要地理著作《山海经》,所记的山野里就经常有韭,如"边春之山,多葱、葵、韭、桃、李";又形容一些植物形状如韭,即它早已常见到可以用来做参照物。

起于春秋战国、我国现存最早的农事历书《夏小正》,记录夏历正月"囿有见韭"。夏纬瑛《夏小正经文校释》指出:"囿"是小园子,"有"指"又",这句意思是园里又看见韭菜生出,"既然说于园中见韭,当然是栽培于园的韭",即不是《山海经》那样的野生,然则韭菜很早已成为园艺化的栽培作物。一般认为《夏小正》成书于战国中期,那韭菜作为园栽蔬菜至少有约2500年的历史。

成书于春秋末期战国前期、我国第一部国家机构制度专著《周礼》,其"醢人"一节,记西周这种掌管朝廷庙堂进献食物的官员,"朝事之豆,其实韭菹",即在宗庙祭祀行朝事礼时,用豆(一种器皿)盛呈酱醋腌制的韭菜等。又记供给王和王后的房内食物,有包括韭的"七菹"。另外,制作食物的"醢人"一节也有

岁时花事

✿

类似记载。(参考徐正英等译注《周礼》)这说明:一是西周或春秋(二三千年前)已经将韭菜做成酱菜;二是韭菜当时已进入最高贵的场合,且在国家宗庙祭品中排第一位。

战国至汉代所撰、关于先秦礼仪制度的《礼记》,对韭菜这种尊贵地位也多有记述,如《曲礼》篇的"祭宗庙之礼",包括"韭曰丰本"(因韭菜生长丰盛,得以"丰本"之名成为祭品);《王制》篇的"天子社稷……大夫、士宗庙之祭",从天子到士大夫的祭祀,要臣民按四季时节荐举进献相应的祭礼,其中"庶人春荐韭";《内则》篇的"大夫燕食","豚,春用韭,秋用蓼"(高官家庭的食物亦很讲究,春天吃猪肉要用韭菜来配)——己亥猪年将至,写韭菜时恰见这条与猪有关的史料,也很应景可喜。

我国第一部辞书、秦汉时期的《尔雅》,其《释草》篇(也是中国最早的植物学专记)有"藿,山韭",指山中的野韭菜。宋代罗愿的《尔雅翼》扩充而记韭菜:"《说文》云:'一种而久者,故谓之韭。象形,在一之上,一,地也。'……谚云:'韭者,懒人菜。'以其不须岁种也。又利病人,可久食。"

这段话涉及好多典故,首先是引用了我国第一部字典、东汉《说文解字》的解释,指其因可一次种下就长久生长而得名韭,这是一个象形字,形容韭菜在地上长出,"一"上面的"非"是叶子开张的样子。张平真《中国蔬菜名称考释》展开阐述说,因为韭韭菜更新复壮能力很强,每次收割后叶子还可继续生长,种植后可多年连续采收,以此"一种而久者"的特征,人们便参照"久"之义和音,将"韭"读作"久"。这个意见很确当,谭宏姣《古汉语植物命名研究》也说:"'韭'之释名为'久',确不可易。"

三

关于源头天地,初始经典中的韭菜,还有《诗经》之《七月》,值得专门说说。

这首长诗,是一幅西周时代的四季农事图卷,从"七月流火"起,以月令贯穿各个时节的劳动生产事宜,兼及风土人情、草木鸟虫等。诗中充满人间烟火气息的寻常日子的衣食住行描写,展现了当时成熟的农业文明、稳定丰足的生活面貌,有极重要的科学史和社会史价值。它所反映的那种艰苦又美好、质朴又有情、劳作又不乏诗意的生活,我认为是《诗经》远古初民图景的一个代表性总括描写。

《七月》"仿佛在讲述一年中的故事,又仿佛这故事原本属于周而复始的一年又一年"。时光变迁中,是笃实的自然代谢,是充实的循环流转。太平盛世,各适其适,各事其时;平静稳妥,淳朴清朗。它"诞生在岁尾的庆典和节日里",最后一章,"以岁终之庆作结","写农功告成,却由藏冰与出冰起始",诗云:

岁时花事

✿

"二之日凿冰冲冲,三之日纳于凌阴,四之日其蚤,献羔祭韭。"此处用的是早期的夏历,"二之日"相当于农历十二月,以此类推;"凌阴",是冰窖(几千年前的皇室贵族已经有了设计周密、建构完备、规模宏大的地窖冰室);"蚤",即早。这几句说的是:十二月从山河凿取冰块,一月储藏于冰窖,二月开窖取冰,准备供夏天使用之前,要有个开冰的早朝仪式,献祭羔羊和韭菜。这再次证明了韭菜是古人供祭天地、神明、祖先的圣品。姚炳《诗识名解》曰:"韭逞味于春,故凡春祭皆用之。"韭菜在春天香味动人,加上早绿可赏,又随剪随生,以及可腌制等多种用途,因此在上古时代尤其为人所重视。

韭菜在此的出现,还与全诗各处一样,以植物的物候标示了季节的变更,体现万物生长有时、人们生息有序。《七月》是《诗经》写草木最多的篇章,达20种,罗列出这些植物,带来厚实的生活质感。"这种久远而宁静的生活方式的存在,会让你觉得,对未来的种种事情,是一点都不用有什么担心的。只要踏实安稳,一步一步,顺着这天地万物的秩序走下去。"

(以上主要参引扬之水《诗经名物新证》《诗经别裁》,宁以安《草木有本心——诗经植物札记》,另参考程俊英等《诗经注析》,潘富俊《诗经植物图鉴》等。)

如今也是农历岁尾,重温《七月》中先民对过去一年辛苦忙碌的回顾,像他们一样既以忧伤而感叹,又因丰盈而欣悦;特别是最后一章农人的丰收欢庆,以及呈献的韭菜,很是亲切,可感受到岁时更替间的天道与人情。那些古人的心怀和今人的好话,也正是面对新一年的意思。

顺便说说另一恰好:新年为猪年,这首《七月》一如上节所引的《礼记·内则》,同时出现了韭和猪。那是在中间讲冬猎的部分:"言私其豵,献豜于公。"即猎得小野猪自己留着,捕获大野猪要献给王公。这是猪在古籍中的早期记载,因韭而顺及之,亦为迎接新岁的乐趣。

四

自此而下,韭菜在历朝历代都备受重视和喜爱。

汉代,渤海太守龚遂曾要求辖下每人种一畦韭菜以备荒年。当时还出现了冬季人工温室培育韭菜的记载。

晋代,著名的石崇与王恺争豪斗富,韭菜是其中比试物之一。

南朝,齐名士周颙清贫寡欲,终年蔬食,文惠太子问他何味最胜,答曰:"春初早韭,秋末晚菘。"将早春的韭菜和晚秋的白菜视为最佳菜品。

北朝,北魏贾思勰的农书名著《齐民要术》,对韭菜栽培有详细记载,赞其"一种永生"。

五代,杨凝式有名帖《韭花帖》,记他午睡醒来正肚子饿,刚好有人送来韭花,非常可口,吃得畅快,兴酣之际挥毫写下这封答谢函,后被称为"天下第五行书"。

宋代,宋太祖赵匡胤下令十岁以上男女都要种一畦韭菜。张平真《中国蔬菜名称考释》称这是继西汉龚遂后、我国历史上第二次大规模的韭菜栽培普及活动。当时还涌现了大量写韭的诗词,最突出的是陆游,网上检索得他30多次写到韭菜,如有《食荠十韵·舍东种早韭》,又如《稽山农》的"园畦剪韭胜肉美",《与村邻聚饮》的"豚肩杂韭黄"——后者也如《礼记》,将韭与猪肉合菜,但值得注意的是韭黄。韭菜这一衍生物正是宋代出现的,杨恩庶等《蔬之物语》指出韭黄是最早的软化栽培蔬菜。

元代,王祯《农书》称韭菜为"长生韭",对其种植作用有很高的评价,赞其为"足供家资"。

明代,李时珍《本草纲目》说韭菜"乃菜中最有益者";引《名医别录》记其主治:"归心,安五脏,除胃热……"——多种疗效中,我感到"归心"二字最好,俗世浮热纷扰,但求有小小空间和片刻时光可归心。

清代,曹雪芹《红楼梦》中的元妃省亲,众人吟诗题匾,黛玉代宝玉做了一首《杏帘在望》,有"一畦春韭绿,十里稻花香"

韭菜春秋

✿

的佳句。

以上种种,源于韭菜的独特性状:它有特别的香气,尤其春天时味道最鲜美。它"营养成分相当好,在蔬菜中是比较杰出的"(冰韵《蔬菜小品》)。它易种易生,"割取无时,为利最溥"(陆文郁《诗草木今释》)。它细长柔软的叶子、丛生纷披的样子也很好看,我以前在阳台种过韭菜,有一回将韩育生所赠《采采卷耳》放在韭叶丛中拍摄书影,韩兄看后说我把这本"诗经草木魂"放到它生长的地方了。

除了叶子,韭菜的其他部分也可食用。它夏秋抽出细长花茎,簇生白色小花,秋后采摘入菜,杨凝式《韭花帖》就写于农历七月,谓:"当一叶报秋之初,乃韭花逞味之始。"至于广东人常说的"韭菜花",却不是韭花,而是连带花蕾的嫩花茎,又称韭菜薹,做菜也很爽口。更味美的是韭黄,即遮蔽韭菜、隔绝光线,使其在黑暗中生出黄嫩者,也就是上面说的软化栽培。总之,韭菜堪称"蔬中隽品"。(王统葆《佳蔬竞鲜》之"夜雨剪韭胜肉美"。以上另还参考清人吴其濬《植物名实图考长编》等。)

五

此文因为岁末忙杂,断断续续写到这一节时,已是除夕兼立春,正好回到开头提到的话题:立春的五辛盘。这天没有吃韭菜,

岁时花事

☆

但读些相关图书资料,也算为农历年最后一天、新春第一天这样终结与开始交汇的吉日,添一点自然循环的时光意兴——此意略如第三节《七月》引发之感,而在这旧年谢幕又同时交接新春之日,尤其切合。

特地为此日而购的绘本《春蒿黄韭试春盘——立春节》,王早早描述乡村的立春风俗:"村子里飘着一股股香香的韭黄味,所有人家都在做春饼。"老人把韭黄等炒好,包馅做成春饼让孩子"咬春",另用葱、蒜等放在盘中做成五辛盘,"又叫春盘,就着萝卜和春饼吃的"——这些材料,各地各时不同,比如按第一节引《古人的日子》《本草纲目》的说法,韭菜就是五辛菜之一,它该在那盘子里而非春饼中。

合编《古人的日子》的扬之水,其《藏身于物的风俗故事》书中有一篇《春盘》,也在这天读之,可为立春佳遗。该文指出,春盘始自"东晋李鄂立春日命以芦菔、芹菜为菜盘",但根源可能是上古,即前引《礼记》《诗经》的春祭;"后世的元日造五辛盘,可视作这一古风的余绪"。文中引用大量文献作考证,要点有:

五辛盘后来从农历元日,即春节移到立春,并与春盘趋同合一,"是立春时候最令人牵挂的一片暖色","嫩寒里逗弄出来的春消息"。到明清再演化为更广为人知的春饼,还出现了"咬春"之说。而"五辛盘中的韭,早早就在春盘中占了重要一席";"韭

韭菜春秋

✿

菜在春盘里差不多是元老身份,且恒久的翠色喜人"。宋代杨万里《郡中送春盘》、元代耶律楚材《是日驿中作穷春盘》等诗词,都写到了韭菜。

扬之水说五辛盘的材料不很一致。按:南朝梁宗懔《荆楚岁时记》,记农历正月一日的过年必备之物中有五辛盘,隋朝杜公瞻在注释中具体列出五辛之菜名,就与前述的《本草纲目》说法有出入;不过,当中韭菜是一致的。

关于五辛菜的由来,一般认为是寒冬过后,要吃些带辛辣味的蔬菜,泄发五脏秽气;同时,"辛"谐音"新",可讨个口彩。就像扬之水说的,人们以春盘"呼唤和传递春天的新绿",而"春祭荐新,'新'中的时蔬是韭"。

两本当代节气植物书,对此古意有承接演绎:翙鸣《又自在又美丽》,蔓玫《节气手帖:蔓玫的蔬果志》,立春一节都选入了韭菜。前一书,谈韭菜坚韧地活在天地间(作者说看过长了20年的韭菜的浓密老根),赞为"自在自美丽"——仿佛是书名的出处。后一书,谈韭菜四季常绿,但"一年四季中唯独春韭最得宠幸",是立春之后"最顺应天时的季节风物"。

古人的立春咏韭就更多了,尤其是朝野盛行春盘之风的唐宋。最有名的,当属苏东坡《送范德孺》的"渐觉东风料峭寒,青蒿黄韭试春盘"。那本《春蒿黄韭试春盘——立春节》书名即出于此，不过引错了第一个字。

2019年的立春和春节紧挨着，我在这两天、从除夕到初一，于世俗过年家常乐事之余，觅一点清新清静的书屋时光，先读后写，到己亥猪年元日完成了这一节。而古代的立春春盘源起于元日五辛盘，这真是恰好，仿佛我遥应古人时节，纸上应景、品韭咬春，接上了迎新的传统习俗，堪可喜怀。

六

关于春盘，还有一个名句，杜甫《立春》的"春日春盘细生菜……菜传纤手送青丝"。本文第一节引《本草纲目》的五辛菜记载，李时珍后面接着说，杜甫这春盘就是五辛盘。

诗中的"青丝"或可视为韭菜。而杜甫对韭菜另有更著名之作：《赠卫八处士》之"夜雨剪春韭"——前面第四节举引历代之韭，故意缺了唐朝，其实当时也有李商隐等人写过韭菜，但都不如杜甫，一句诗就已是蔬菜文化史的重镇，应该留到这里专辟一节谈谈。

当然这首《赠卫八处士》不限于韭菜的意义，实乃人生的浩荡感怀与人世的悲悯俯瞰，值得品味一下全诗："人生不相见，动如参与商。今夕复何夕，共此灯烛光。少壮能几时，鬓发各已苍。访旧半为鬼，惊呼热中肠。焉知二十载，重上君子堂。昔别君未

韭菜春秋

✿

婚,儿女忽成行。怡然敬父执,问我来何方。问答未及已,儿女罗酒浆。夜雨剪春韭,新炊间黄粱。主称会面难,一举累十觞。十觞亦不醉,感子故意长。明日隔山岳,世事两茫茫。"

此诗写于安史之乱期间,杜甫在颠沛流离中遇到旧友卫八,感叹人生别易会难,往往如参与商这一东一西两颗星,此出而彼没,无法同时相见;但今夜竟是何良宵,可以和老朋友一起灯下对坐。共叙往昔,谈说近况,惊叹变化,感慨万千。乱世事多,对答未及说完,卫八与儿女已殷勤张罗酒席,到夜雨园中剪下春天的韭菜,煮好新鲜的黄粱米饭。饭好菜香,加上难得重逢,他们接连喝了十杯都不醉,见出念旧的情义深长。只是明天又要分手了,将再次隔着重重山岳,一如世事苍茫,命运彼此难料——唯有好好品味眼前,尽今夕之乐。(参考马大品《历代赠别诗选》、萧涤非《杜甫诗选注》、钱谦益《钱注杜诗》等)

乱离时代,聚散无常,沧海桑田,忧患余生,这样的相逢让人悲喜交集,且欣且慨。杜甫当即写下这首诗,用家常话叙事记怀,情真意切,寄寓深沉,犹如一幅人生本质的展示。其中那句"夜雨剪春韭",也像全诗一样脍炙人口,引人想象抒发。

"老友来了,夜雨迷蒙,他立马跑到菜地,割一把新长的韭菜,炒给老友下酒。仅仅这份纯情,就很让人感动。从此,若有人问我春天的代表诗是哪句,我首先会想到'夜雨剪春韭'。"而韭菜"精致的模样,娇细的身材,柔嫩的品相,与诗人细腻、爱怜的情思,是很相宜的"(杨先武《草木初心》)。寒雨静夜如同一个黑沉沉没有出口的梦,"多亏了有一丛春韭,那个雨夜便有了鲜活的颜色,并定格成了一个永恒的美好意象,清嘉、安定、无求、明润、温暖,并略带点感怀故事的惆怅"(王邦尧《草木如诗》)。是啊,夜雨韭留客,留客却难久,明日又天涯,幸有那丛芬芳又辛辣的春韭,意味深厚,千载留香。

七

缘此,杜甫该诗启发了后代众多作品,至今还有很多人直接用"夜雨剪春韭"这五个字为题撰文,我手头就至少有四篇,分别见于叶灵凤《香港方物志》、谭耀文《耕余话蔬》、舒飞廉《草木一村》、康素爱萝《家门口的四季》。

叶灵凤那篇最有意思,他说有人将"夜雨剪春韭"注释为并非去园中剪韭菜,而是下锅时把它们剪齐(按:潘富俊《唐诗植物图鉴》就谈到这种烹韭剪法)。他认为这是胡缠曲解,因为韭菜种一次可采用多次,不应像别的青菜那样连根拔,又因为长得太多而不能随手摘,采收时就必须剪(或者割);并引古籍和古谚"日中不剪韭",韭菜不宜在烈日当空的白天剪取,证明老杜的"夜雨剪春韭"是"深懂园艺生活而又有季节感的写实名句"。

韭菜春秋

☆

关于"夜雨剪春韭",我还看过一个更有意思的别解。张中行回忆民国学人的《负暄琐话》,其中《红楼点滴三》记当年北京大学有位林公铎教授,喜欢标新立异说怪话,在课堂上这样讲此诗:"卫八处士不够朋友,用黄米饭炒韭菜招待杜甫,杜公当然不满,所以诗中说,'明日隔山岳,世事两茫茫',意思是此后你走你的路,我走我的路。"

其实,按照陈伯海《唐诗汇评》转引何焯《义门读书记》的意见:卫八虽然匆忙间设宴,但以冒雨去剪韭菜,见出对客人的恭敬诚意。又按照金性尧《唐诗三百首新注》的注释:黄粱即黄小米的饭比白粱香。因此,林公铎指这种招待太普通,是不成立的,张中行记此事,只是反映从前大学对怪异才士的容忍,那种自由散漫而奇思迭出的风气,让人神往。

由韭菜衍生的这个细节,引出对回忆的回忆,那也是"从前大学"的故事。《负暄琐话》这本伤逝之书,我在毕业前不久购读,张中行记述的旧日文人与文化氛围,带来一份美好凋零、烟消火灭的怅痛,切合我即将告别大学生涯的黯然,感人事流逝,慕昔年风华,为之制了一枚书签:"留予他年说梦痕。"而同时,自己也留下了一些可以比美书中佳话的梦痕,比如:曾向同窗好友转述过林公铎那番春韭黄粱的好玩怪论,后来有一个春夜,在校园的草树深影间仰首见星空明灭,忽然有感而吟出:"人生不相见,动如参与商。"——那时虽然年少,但已理会"明日隔山岳,世事两茫茫"了——旁边人却接话道:"那是因为你招待得不好。"文人酸调遂化为会心一笑。

逝者如斯,这样"世说新语"般的"琐话",已落实为参商不见,茫茫相隔。黄粱梦醒,怅惘追忆,岂独为怀人,而是感怀那青葱如韭的青春岁月,与青翠故园。

八

韭菜确实可与故园联系在一起,尤其是在爱写韭菜的宋人笔下:丁默《齐天乐》的"故园尝韭";张耒《春日》的"如丝苣甲钉春盘,韭叶金黄雪未干。旅饭二年无此味,故园千里几时还";写得最具体最动情的,是雷应春《沁园春》:"问讯故园,今如之何,还胜昔无。想旧耘兰蕙,依然葱蒨,新栽杨柳,亦已扶疏。韭本千畦,芋根一亩,雨老烟荒谁为鉏。难忘者,是竹吾爱甚,梅汝知乎……"他对故园的深切怀念,以葳蕤草木为寄托、为象征,而韭,是其中难忘的一抹青绿,点亮此后灰寂荒芜的人生。

一如这首"春词"之意,故园,也是我的起点和来历、根本之所系。人需要寻得这样属于自己的根,对我而言,还有读写、花木等也。刚过去的立春除夕,晚上守岁时读《中国生肖诗歌大典:戌狗卷·亥猪卷》,在袁建章等编"亥猪卷"的前言看到一个

韭菜春秋

☆

好典故：猪对应的地支亥，按《说文解字》为："亥，荄也"，是根的意思。遂想到这个"己亥"年，可从字面上理解为"自己的根本"，于是春节在朋友圈发了一批关于猪的书和画，以及猪笼草等花果，以此作为己亥新年祝福：祈愿守住自己根本，依然读书写作最美。

现续写本文，又留意到张平真《中国蔬菜名称考释》还有一段描述："韭菜的根系发达，呈弦线状，别称为荄。"这真让我惊喜，因之再从《辞源》查到，原来荄虽然一般释为广义的草根，但《尔雅》的晋人郭璞注，将此字专门给了韭菜："俗呼韭根为荄。"那么我为公历的2019年写韭，却正切合农历的己亥猪年个人微意了：韭—荄—亥，又一注定的恰好。

此文这样跨年写来，也像是持续地剪取韭菜不断生出的美意，不完全概述一下：韭，有深厚的历史底蕴、众多的文人歌咏，而我在写作过程中又有那么多恰巧应合；韭，从显赫的庙堂祭品到大众家常菜，从可供富家争炫到可供贫士厮守，大雅大俗融于一身，在高低间都悠然自处；韭，更是农人的耕读背景，劳作的美好收成，代表踏实安稳的天地秩序、周而复始的自然循环，让人在岁月流转间平静地顺应天时走下去；韭，一种而久、生生不息，旺盛的生命力不惧剪割而能一再重生（由此还产生了从前的俗话"人头如韭菜"，时下的热词"割韭菜"等黑色幽默）；韭，叶与花

岁时花事

✿

与蕾的各个部分,青与黄(还有韭白)的各种形态,都堪食用;韭,又能入药,令人"归心";韭,象征苍茫人间值得珍惜的友情、故园,是雨夜的亮色、乱世的温情,是聚散无常、沧桑悲凉大背景中的一份慰藉;韭,以坚韧的本性春风吹又生,以辛辣的芳香驱寒冬秽气,是春节、立春的辞旧迎新之物,是可尝也可赏的喜人春消息;韭,除了代表长久和谐音九,还刚好九笔,对应2019,又与猪年的猪从做菜到名称都早已联系在一起,合为可持久守护的根本……

"春至矣",以上种种或欢悦或惆怅的情调,最终化为韭菜春叶秋花的无尽生机,让人且慨且欣。有如林黛玉的"一畦春韭绿,十里稻花香",不同季节的风物交融于诗中,展现一派恒常的田家风光;又像开头所引的杨宝霖《楼头种植》,从春日新韭到夏果冬豆,一方小天地,四时皆在焉——任岁月变迁人世变幻,我们尽可凭着耕读而天道人情两不负,各事其时地收获恒久的本心。

2019.1.21—2.13 正月初九

猪年植物志

岁时花事

✿

猪笼入水的奇葩

要为己亥猪年选生肖植物，带"猪"字的草木中要数猪笼草最为熟悉，最有特色了。

这是一种奇特的捕虫植物，我小时候看科普书认识后印象深刻，九年前春节去深圳青青世界小游时买回过。在那前后不久，分别购得徐颂军《识花认草》、徐祥浩等《华南的奇花异木和珍贵植物》，里面都有详细介绍。到今年春节，又从本地花街买了这应合年时的猪笼草，随后购得张继方等编著《认识中国植物·华南分册》，也收录了这种热带植物。另还见于中国科学院华南植物研究所编《广东植物志》第二卷、吴淑芬《花的奇妙世界：四季花语录 160 则》、英国海伦·拜纳姆等《植物发现之旅》等书，在它们的基础上综述一下：

猪笼草的重点部位，不是花或果，而是与一般植物不同的叶，普通的叶子只有叶柄、叶片两部分，猪笼草却多出三部分：先是从叶尖延伸出长长柔韧的卷须，然后这卷须尾部膨生成一个瓶状体，就是为人瞩目的捕虫囊了，最后卷须末端还扩大为一小片半开的瓶盖。——我也是读了上述资料，才细心留意悬吊于阳台的猪笼草，在多日间看它的新叶怎样长出卷须，这长须怎样在末端变成一个猪胆瓶般的长囊，这长囊怎样由绿色变为红色，最后囊口的那片瓶盖怎样慢慢张开、最终成型，这观察的过程很觉

猪年植物志

✿

奇趣。

  奇妙不仅于此,这变态叶的三部分有多项神奇功能,概括起来是两方面:第一,瓶口和瓶盖分布着很多蜜腺,蚂蚁蚊蝇被蜜汁引诱来进餐时很容易失足掉入囊中,由于囊里有液体,内侧又滑溜,且上小下大,即下半部膨胀如葫芦,瓶口却较窄,昆虫跌落后难以爬出而被溺毙;囊底还有消化腺,捉住猎物后会分泌出酸性增强的消化液,将昆虫的躯体分解为养料,就轮到猪笼草进餐吸收养分了。第二,捕虫囊瓶口向上,能承接雨水,但瓶盖的遮挡可以限制进入的水量,长期装着三分之一的液体;如果雨太大、瓶盖发挥不了作用、导致水太满,则连接着捕虫囊底部的卷须承载不了重量,就会自动倾斜倒掉一些,不让水浸到瓶口,以防掉进去的昆虫浮游出来逃脱。——环环相扣的鬼斧神工设计,让人对大自然的智慧叹为观止。

  那些捕虫囊,有点像从前农村用的猪笼,故得名猪笼草。其样子趣致可爱,加上外表绿中带红,形色夺目,可作观赏植物,早在十八世纪后期传入欧洲后,人们对它的痴迷便一发不可收,而且给它起了一个很吉祥的名字:猪笼草。这个属名是由希腊语 ne(无)和 penthes(忧)结合而来,即"无忧无虑"之意,其花语是"没有悲哀忧愁,生活中需要耐心"。我们岭南人则对猪笼草另有钟情,也源于一句吉利话:粤语俗话中有"猪笼入水"一说,因

岁时花事

☆

旧时的猪笼是用竹子编成,放进水中很快浸满,而广东传统又用"水"比喻钱财,"猪笼入水"就是祝愿财源滚滚,盆满钵满,遂使猪笼草受到民间欢迎;它的"笼"是盛水的(家庭栽种室内摆设时,要注水入其瓶中来养),更应了那句粤俚。这样的口彩,使猪笼草成为南方迎春花市上的常见品种。

我没看过野生的猪笼草,不过曾在郊野乡村遇到过一次。2019年3月,到广州从化莲麻村,山间民宿中住了一夜,春雨连宵后的早晨,又开始紧凑公务之前先在周边漫步,见景致清寂而春意盎然:山峦连翠,竹林环抱,溪河满涨,菜田饱肥。村中农家,黄泥砖屋的炊烟初升;村上春树,雨水浸润的绿意养眼。还有不少花草果蔬,包括一户人门前树上挂着一盆猪笼草,垂吊的一个个瓶囊,饱满红艳,沾了晶莹雨露更显丰腴可爱——当天恰是"草木纵横舒"的惊蛰,又是农历猪年正月最后一日,分外应景。

"风雨无阻日夜兼程"之间,有这猪笼草点缀的村子、这清静安宁的一点辰光,便也可回味了。开春诸花缤纷,猪笼草亦能当花欣赏的。春雨寂寂,花色溶溶,并不会管人的世务扰扰。这也挺好,用它们湿漉漉的无忧红颜,照应我们忙碌碌的无常红尘。

好花也可以喂猪

就在惊蛰当日从莲麻村回来、马上又要收拾行囊出门奔波之

猪年植物志

☆

际,收到一本有意思的小书:《哪些植物可以喂猪》,是黑龙江人民出版社1958年6月初版一套畜牧生产专论中的一册,由黑龙江省服务厅编绘,我在网上旧书店碰到,喜其别致又稀见,高价买下。

全书搜集了黑龙江常见可喂猪的约百种野菜野草,描叙其性状和采集利用等,附彩色形态图。虽然所记是东北草木,但有不少是我们熟知的,在那猪年正月最后一天的密集公务间,抽暇略览,也算聚得一本猪年植物志了。——本文的初步构想,就是在那天决定的。

该书的情味,在于"哪些植物可以喂猪"这直白而质朴的名字(毕竟,像猪笼草般能吃动物的彪悍植物是少数现象,动物吃植物才是普遍常态,而从中形成这样的专书,在实用之外有难得的趣味),还在于那些植物图谱,在旧书页上散发出鲜活多彩的野地气息。

从中得知,蒲公英、野菊花等常见的花草,原来也是喂猪植物;最使我惊奇的是另两种我喜欢的花,黄花菜和蓝花菜,也被收入本书,介绍说:黄花菜,又名金针菜,夏季在叶中抽出花枝,开长筒形黄花,为良好的蔬菜;蓝花菜,又名鸭跖草,盛夏开鲜艳蓝色的花朵。彩图分别画出这明黄与深蓝的美丽花儿,但,它们竟是可全棵割取来青贮后喂猪的。这两种花我以前都写过,补充点新资料再说几句。

黄花菜,是萱草的一种。李时珍《本草纲目》记萱草:"叶如蒲蒜辈而柔弱,新旧相代,四时青翠。五月抽茎开花,六出四垂,朝开暮蔫,至秋深乃尽。其花有红、黄、紫三色。"当中黄色的就是黄花菜了。

萱草,《诗经》已有记载,历来被称为忘忧草、慈母花,还被赋予了思夫、宜男(怀孕妇人佩之可生男孩)等文化内涵。它可入药,也可入馔,一般是采黄花菜的花蕾晒干食用,此即金针菜。另因其丛生细长的青翠叶子、形如百合的高挑花朵,漂亮动人,很早就作为庭院植物。王统葆《佳蔬竞鲜》一书是讲蔬菜的,但也赞黄花菜:"花冠细长,其色金黄,婀娜多姿,列入群芳谱毫不逊色。"日本柳宗民《杂草记》则说:"野草中花朵又大又美的不多,萱草属植物就是那极少的例子。"

西方人也很欣赏萱草,我去年6月游中欧,于繁华古都之维也纳的马路边、繁花锦簇之布达佩斯的教堂旁,都看到过极美艳的此花。特别是前者,乃一处居民、团体与政府合力打造的都市农园:利用街中绿化带空地,用木箱栽种各种蔬果,人们分别认领或租用一小块,空闲时来浇灌、收成,展现城市乡村新生态;当中有南瓜、辣椒等,也有一丛萱草,硕大的花朵在蓝天清阳中摇曳,灿烂夺目——那是将萱草与蔬菜并列为农作物,同时又可供

猪年植物志

☆

观赏。

只是我翻过手头多种蔬菜专著，都没有谈到用黄花菜来喂猪。沈书枝《八九十枝花》有一篇《打猪草》，说皖南地区喂猪野菜有土名"黄花菜"者，但那是另一种植物稻槎菜，和同称为黄花菜的萱草并没有关系。然而，看这本《哪些植物可以喂猪》的描述特别是配图，分明就是萱草。然则又多长见识了，原来萱草黄花菜还有这个用途。

鸭跖草，是一种很小的野花，无论形体还是文史背景，比萱草都微弱得多，但以其清澈纯蓝的花色、精巧奇妙的花形，让我分外喜爱。它也不像萱草被人栽培，而是生长在野地，翠叶如竹，蓝花似蝶，非常美丽迷人。——这么可爱的花也被用作喂猪，却也不算太奇怪，鸭跖草除了花汁自古是上佳的染料、颜料，原本亦可充野菜的，我早期认识它，其中之一就是通过曾珍的《野菜志》（重庆大学出版社，2008年4月版）。

在中外旅途不时有缘遇上鸭跖草，最近一次惊艳，是2017年8月的浙江莫干山。——鸭跖草这个奇特的名字，很不可解，向来人们各有猜测，夏纬瑛《植物名释札记》认为："鸭跖"本指鸭的足掌，但鸭跖草无论哪个部分都没有这种形状，因此该名必另有来历；他的意见是"鸭"即"野"，"跖"即"竹"，都是因读音相近而讹，鸭跖草就是"野竹草"，形容此乃生于田野如竹之

岁时花事

✿

草。正好,莫干山这一清凉世界、避暑胜地,就以产竹著名,满山青翠欲滴。赏竹之外,也邂逅这"野竹草"。那是抵达的第二天早上,在民宿旁的村庄农田散步,蓝天白云,空气清新,看连绵的青山,看初熟的蔬果,看村口的狗尚未睡醒,看小昆虫已爬上瓜菜的花叶;最喜看到一小片鸭跖草,在清朗的阳光中盛开,黄、白的花蕊,轻盈欲飞,而蓝色的花瓣,蓝得那么剔透,又蓝得那么浓烈,特别打动钟爱蓝色的我。——"那鲜亮的宝蓝色花朵在同为蓝色系的花朵中异常夺目。"(柳宗民《杂草记》)"那蓝色真明净啊,是沾满了露珠的清晨一个尚未逝去的梦。"(彭焰《岭南花木镜》)

日本人称鸭跖草为露草,此名的得来,有说是因在有露水的早晨开花,有说是因花如露珠般晶莹。而康素爱萝《家门口的四季》认为是指其生命短促如朝露:清晨开放,中午即谢,英文名为 dayflower;但它每次只开一朵花,凋谢后才接着开花苞里的另一朵,依次开遍。这就巧了,萱草也有相同的特性,前引《本草纲目》说它"朝开暮蔫",英文名则是"一日百合";同样是每茎多花,此落彼开,花期持续夏秋的。——我喜爱这种情味:是转瞬即逝的无常,又有绵延不息的恒常,将虚幻与踏实融汇在生命中。

猪年植物志

✿

好菜人猪分享

买到《哪些植物可以喂猪》后不久,又在旧书网巧遇一套《中国饲用植物志》,贾慎修主编,共五册,我因找别的书在同一间店碰上第一、二卷(农业出版社,1987年7月、1989年5月版),欣然购之。该书收载可供畜牧业饲料的植物,除了介绍名称、特征、分布等,重点探讨饲用特性和经济价值,配有线描图。虽然是专业内容,但翻看一下也很有兴味,不仅为自己架上的植物书多添一个独特门类,而且有很多可喂猪的品种,对应这个猪年话题。

在这两卷中发现一些人猪共享的蔬菜:油菜,蕹菜,西洋菜,等等。虽然前述的黄花菜和鸭跖草也属这一类,但毕竟不如这些我们经常食用而熟悉,却原来同时是猪的优良青饲料的蔬菜。

当中有两种,是得书前几天恰好在市场特别留意过的——写到这里,正巧看到朋友圈有人刚发出对菜市场的一个好形容:"集天地精华与人间烟火于一身。"我也喜欢这种与大自然连接的尘世气息,偶尔逛逛,看看蔬菜在未煮食前的鲜活原貌,如这春季当令的:苋菜,叶和根青绿中带着紫红,很可爱;车前,穗状花序像小动物的尾巴般一根根探出叶丛,很灵动。

《中国饲用植物志》第一卷,记苋菜、野苋菜,说它分布很广,叶片柔软,气味纯正,为猪等畜禽喜食。记"车前"(按:即车前草),同样全国各地都有,属于"伴人植物"(这个术语指借

岁时花事

☆

助人类活动传播的植物,但字面本身也很可回味),叶质肥厚,细嫩多汁,尤其适用于放牧猪。

苋菜,先秦时期的《尔雅》已有记载,秦汉时期的《神农本草经》(陈大为等整理《神农本草经图鉴》)将其列为菜类入药的上品。张平真《中国蔬菜名称考释》说,因其植株和叶片高大,在田间显而易见,故用"见"字加草字头命名。夏纬瑛《植物名释札记》则推测说,因为《神农本草经》记载苋菜的籽能明目,而看见东西要靠眼睛,所以从草从见作"苋"。

周作人有一篇《苋菜梗》,说《南史》中常有苋菜出现,如王智深"尝饿五日不得食,掘苋根食之"。他又讲古人俗语"布衣暖,菜根香,读书滋味长",以及"咬得菜根则百事可做",苋菜梗就在菜根之列;由此谈吃菜根是为了品味贫苦,最后却忽然转而说道:"在乱世的生活法中耽溺亦是其一,不满于现世社会制度而无从反抗,往往沉浸于醇酒妇人以解忧闷,与山中饿夫(按:指王智深)殊途而同归……"

《苋菜梗》收在一组《草木虫鱼》中,知堂借这些闲适之物寄托社会批判,这篇苋菜便是如此,琐碎杂谈中有深沉的感慨。我年轻时读该文,曾为那结尾数语所触动;现在年纪大了,"耽溺"和"菜根"都已品尝过,只更关注苋菜本身的趣闻和知识了。例如,从他引的宋代苏颂《本草图经》记载,得知(按:周作人号知堂、药堂、独应等)苋菜有多种,其中"细苋,俗谓之野苋,猪好食之,又名猪苋"(尚志钧辑校《本草图经》)——可见苋菜喂猪同样历史悠久。

付彦荣《常见蔬菜图鉴》记苋菜有黄、绿、红、紫等颜色,有一种就叫彩色苋。这样的缤纷色彩和清美味道,让苋菜给很多人留下美好回忆。张爱玲晚年写过一篇《谈吃与画饼充饥》,其中讲她在美国旧金山"有一天看到店铺外陈列的大把紫红色的苋菜,不禁怦然心动"。想起小时候在上海,"捧着一碗乌油油紫红夹墨绿丝的苋菜",就像捧着一盆"朱翠离披"的西洋盆栽那样的心情。——这段平实的忆记让人低徊。

车前,古称芣苢。《诗经》有一首《芣苢》,杨任之《诗经今译今注》说:"这是妇女在劳动中集体采摘车前草所唱的诗篇……车前草又是治妇女难产的药物,唱此诗篇,可以忘忧,可以佐兴。"全诗在"采采芣苢,薄言采之"中单曲循环,几乎句句重复,显得简洁明快。扬之水《诗经别裁》说它只写"采"本身,没有人的心情和故事,"却是于寻常事物、寻常动作中写出了一种境界,而予人一种平静阔远的感觉"——那真是远古天地的淳朴。

《中国蔬菜名称考释》指出,芣苢的意思一是花盛,每棵花茎上有很多小花;二是"令人宜子",有促进生育的功能。后因其生存能力强,四处可见,在人行路中包括车轮轧过的地方都能生长，才得名车前（草）。王佳仪编著《〈诗经〉里的植物》则说，是因其种子繁多，所以有多子的吉祥寓意。——这种关于食用车前草能怀孕生子及治疗难产等，大抵是古人"以形补形"的传说，我倒喜欢后一书中还指出，车前草在古代经常作为春天的象征在诗文出现。这是因为车前草春初绿意盎然，嫩叶可食，很多人就将《芣苢》视为春之歌。

刘克襄《岭南本草新录》说："春天时，车前草最为肥美、硕大。"这种横跨欧亚的常见野草，"论肥硕的长相，还是岭南一带的最吸引人"。但广东人似乎不习惯把车前当野菜，而是当药草泡热水喝。——此即广东一绝凉茶也，我在菜市场遇到车前草时，档主阿姨也是说用来煲水的，可清热解毒。另一用途，就是饲猪了，与苋菜一样也见于《哪些植物可以喂猪》。深圳一石《美人如诗 草木如织》谈到，车前草有别名猪耳朵草，是他小时候在乡下打猪草时最常掇拾的。

可能因其叶子肥美的长相，车前子在日本又名大叶子。幸田露伴有一篇《大叶子》，心岱《闲花帖》评之曰："一路考证下来，也颇有意思。从日本文化、习俗转到中国的《诗经》《尔雅》，还有《列子》《庄子》等，实在敬佩幸田露伴对中国文化的研究。"不过，我读了《大叶子》原文，却不想转引那些繁复考证和众多古籍了，只抄他写车前草的几句好话："平平凡凡，任随人类、牛马、鸟蛇践踏摧残，呈现出一副无怨无悔、随遇而安的生活状态。"

共度三月三的猪草

《中国饲用植物志》第一卷还有两种野菜：野韭菜、紫云英，我随后在广西三月三行程都遇到了。——农历三月三，是古代上巳节，一个很有风情的盛大节日；后来已经式微，当代只在南方一些地区结合了少数民族风俗而保存，今春为此特意赴桂一游。

三月三当日午饭，正在品尝广西特色美食时，收到一个朋友的微信，说《耕读》春卷的《韭菜春秋》写得真好，谬赞我的文章胜在情愫悠长，无所不在，读来真是柔软美味。当时我刚拍摄了饭桌上一道大韭菜，即发图给朋友看，说这个品种比一般韭菜要大、要野味，笑说为了庆祝被赞，又多吃了几筷子。

这种大韭菜很可能是野生韭菜的驯化种。清代吴其濬《植物名实图考》就指出，山韭，即野韭，比家韭，即一般的栽培韭菜要长要大。《中国饲用植物志》记载，在混有野韭菜的草地上放牧，牲畜会首先采食它然后才吃别的牧草。可见其口感之佳。罗桂环《中国栽培植物源流考》和李璠《中国栽培植物发展史》的韭菜一节，都用了相当篇幅讨论野韭，特别强调它味道很香，我国古文献有许多记录。

对韭菜，这里只再补充一则新发现的材料：那本《中国栽培

岁时花事

✿

植物源流考》,谈到韭菜花古代称为"菁",大约因韭菜受人喜爱的缘故,古人用菁华、菁英比喻精粹、美好的人或物。——韭菜的地位,又可见一斑。

紫云英,更值得详细谈谈。三月三那天在广西三江侗族自治县,上午逛程阳八寨,侗族独特建筑风格的古朴寨子外、雄伟精巧如空中楼阁的风雨桥下,菜田里举办当地这个节日的传统娱乐活动、颇具古风的斗鸡和斗鸟,也有新设的、正好契合猪年的遛猪游戏;而旁边青绿的田间,一丛丛紫云英在阳光下绽放着紫红的小花,是那些热闹比赛的静美点缀。下午往丹洲古镇,是在一个山清水秀的小岛,这又恰好契合三月三的本意:最早的上巳古俗,人们要水滨修禊、洗濯祓除,即通过洗涤去垢除灾、祈福趋吉;后来演化出曲水流觞和饮宴欢聚等或文艺或世俗的节目,更是男女结伴倾城而出、踏青游春的佳日,一派歌舞升平风流嬉闹,如杜甫《丽人行》所谓:"三月三日天气新,长安水边多丽人。"当日天气正好,春和景明,与一众朋友坐渡轮上丹洲,看过花果遍布的古屋旧城后,来到一处幽静的渡口,老榕树下江水静流,数丛紫云英映衬着几只闲闲横斜的无人舟船,斜阳烁金,小花清艳,别有一番明净安宁的欢愉风情,悠闲拍照一番,酣畅而归。

这些野花紫云英,也很源远流长。《诗经》有两首以植物寄托忧思之作:"苕之华,芸其黄矣。心之忧矣,维其伤矣。"(《苕

猪年植物志

✿

之华》)"防有鹊巢,邛有旨苕。谁侜予美,心焉忉忉。"(《防有鹊巢》)一般认为,两处的苕是两种植物,前者为凌霄花,后者为紫云英。但亦有指二者为一,以及释为其他植物的,如说后一种苕是形态相近的野豌豆。至于今名紫云英,夏纬瑛《植物名释札记》指出:云英是矿物云母的一种,具五彩,可入药,因这种植物的药效可为代品而又开紫花,故得此名。

紫云英还有很多好听的别名,如翘摇(也有认为这是另一种植物巢菜),荷花郎(因其花如微缩版的莲荷),莲华花(这是日本名)。但是,"叫什么都没有紫云英好听"。陈武《野菜部落》拆解说:"紫,……清丽而华贵;云,带有些许虚幻的美……于缥缈中感受那满天的云霞;英,更不用说了,是对美的爱称……这三个字连在一起,简直就是天造地合,本身就是对这种草的赞美。"王辰《野草离离》也说:"三字皆带旖旎情怀,最可撩拨懵懂心绪。"

它的"花形也如花名一般灵动"(贺学宁《南国花影》)。紫云英从叶中长出直立的花茎,上面开红紫色的伞形花,惹人瞩目喜爱,很多文章都描写过。现代的源头,恐怕是周作人的名篇《故乡的野菜》,其中紫云英部分有这样几句:"花紫红色,数十亩接连不断,一片锦绣,如铺着华美的地毯,非常好看,而且花朵状若蝴蝶,又如鸡雏,尤为小孩所喜。"

此后类似的状写经常出现于中外文人书中,如《野草离离》

岁时花事

✿

说:"灿若云霞,盛放遍野,堪比画卷。""纵使栽来仅作观赏之用亦无不可。"柳宗民《杂草记》说:"那在春日暖阳下迎风摇曳的紫红色花浪是吟咏春天的最好风物诗。"宋乐天《无尽绿》说,她"意识里对于家园之美第一次的觉醒",是小时候看到紫云英平阔绵延的花毯所引起的心灵震动。周华诚的《草木滋味》,封面就是一幅青山下菜田中"淋漓尽致"的紫云英花海。

紫云英花田这种"乡间独有的春之景象"(《无尽绿》语),是很多人的童年乡土集体回忆。上面几本书大都有写道,如《杂草记》讲小时候的春天,孩子们去郊游、采摘紫云英编成花环的情形:"多么幸福的时光。这在当年寻常不过的场景,如今想来却已是恍如梦中了。"

特别让我亲切的是,本邑刘松泰的《农耕档案:1949—1979东莞农耕史实》中,保存了一份20世纪70年代东莞县农业局的交流简讯《紫云英的栽培及留种技术》,并忆述当时为大量种植这类绿肥的情形,最后说:"紫云英叶绿花紫,花开时节,展望田畴,成百上千亩的紫色花海,微风吹拂,花浪翻滚,非常壮观。记得当年笔者带领学生去摘紫云英种子,孩子们在紫云英田地里尽情追逐、嬉戏,此情此景至今还刻在脑海中。"——这位数十年的乡村在场者,在具体的资料记录之后,补上这一段朴实而优美的文字,甚见动情。

猪年植物志

✿

我也是那个年代的农村孩子,但幼时似乎没有见过紫云英,倒是记得从一本儿童读物看到一句话,写的是孩童在河边玩耍所见图景:"红的花,绿的草。"这是更为简朴直白的描述,却让我在枯涸的年月、贫瘠的生活中受到了美的冲击;而不知为什么,一直认定这记忆中的书上红花,就是紫云英,因此向来有莫名的好感。

这种美好的小花,可入药,可为蜜源植物,还可作蔬菜。最初《尔雅·释草》的"苕",郭璞就注曰:"蔓生,细叶,紫花,可食。"后来收入过朱橚《救荒本草》等野菜古籍。到现代,陆文郁《诗草木今释》谓其"蔬用亦佳"。周作人《故乡的野菜》说人们在清明前后扫墓时常"采取嫩茎瀹食,味颇鲜美"。当代的上面列举诸书也多谈到这一点。

当然,"它的主要用处是肥田",只是村里人也常常"砍一担回来喂猪,同时掐一把嫩茎回来清炒做菜"(沈书枝《打猪草》)。紫云英首先是著名的绿肥植物,春天开花后人们把它压入田里,沤腐后肥力极佳,可改良土壤。对这个过程中,《野菜部落》说:"在向天空展现芳姿之后,又入大地融为泥土变成精华。"

它还是上好的家畜饲料。《中国饲用植物志》说,紫云英茎叶柔嫩多汁,富含营养,是优质牧草、优等猪饲料。《草木滋味》更详细记载作者从前亲历的劳作,怎样在采割紫云英后斫成碎末,又怎样沤进大缸做猪的青饲料。——就像谈到紫云英是春天猪草主要来源的那篇《打猪草》说的,这真是"美丽与实用兼具的农作物"。

说说饲猪与牧猪

至此,已经专题介绍过一种以猪为名的草、六种喂猪的花和菜,下面还有两种植物要写的,但不妨先歇一歇,顺着上文插入概述一下饲猪这回事。

关于饲猪的重要性,中国现代养猪学奠基人之一、出自莞邑的张仲葛在《我国养猪业的历史》等文章中谈道:"世界上关于猪的驯化和饲养,以我国最早。"中国古人在驯化野猪的过程中,改良野猪习性的其中一个决定性因素是饲养制度,由于"十分重视猪的饲养和饲料的调剂,充分利用青粗饲料养猪",猪的食物结构被改变(野猪食料中动物性食物占相当比重,而家猪几乎完全吃人类供给的植物性饲料),"猪的体形,甚至内部结构都发生了有利于人的改变""呈现早熟、易肥、繁殖力强等优良性状的中国猪种,都在良好的饲养管理条件下创造出来的"。

这种植物性饲料,最初是直接喂新鲜的野草野菜,后来进行加工处理,即所谓"调剂",如上节所引《草木滋味》的制作青饲料,又如前面谈到的《哪些植物可以喂猪》,开头部分就专门介绍"利用青饲料喂猪的好处""青饲料的制作方法"等;相对这些青

猪年植物志

✿

粗饲料,还有明末无名氏原著、张履祥辑补《沈氏农书》(陈恒力校点)所记高级一点的豆饼等精料。我认为这可称作饲猪的第一阶段,是比较原生态的自然类饲料。

第二阶段或曰第二大类,是人类的二手货、吃剩的饭菜汤水,即潲水(泔水)。第三阶段,工业化饲料,则是人工合成,离自然最远,却有现代化的种种优点。问过专业人士,也认同这几类中要数人工饲料最为科学合理。

潲水,现在名声已不好听了,因其卫生问题等弊端凸显,特别是防控非洲猪瘟中发现这是主要传播途径,更加速了其退场。但应该说,它原也是一种正常的方式。先转述一个这么多年来都让我乐不可支的笑话——

有位农民养了一只猪。一天,有个穿制服的官员上门来问:"农夫,你喂什么给猪吃?"农夫答:"还能喂什么,就是剩饭剩菜啊。"官员说:"啊,我要罚你五千块钱。我是保护动物委员会的,你这样喂养,是对猪的虐待!"过了两天,又有穿制服的上门来问:"农夫,你喂什么给猪吃?"农夫答:"哎呀,我不敢喂剩饭剩菜了,我给它吃山珍海味呢。"官员说:"啊,我要罚你五千块钱。我是保护粮食委员会的,现在世界上多少人还在挨饿,你竟然对猪这样奢侈!"再过了两天,又有穿制服的上门来问:"农夫,你喂什么给猪吃?"农夫答:"呵呵,我什么都不敢给猪喂了,现在我

岁时花事

✿

每个月给它五千块钱,它爱吃什么自己买去!"

——犹记得,在大学时给友伴讲起这个笑话,满室扑哧的情形。不过现在想起来,却是要说明的是:剩饭剩菜本也属合理的猪食。在古代,王祯《农书》(缪启愉等《东鲁王氏农书译注》)就记,喂猪除了天然植物,还会加入"泔糟"。在现代,《东莞市农业志》(该志编纂委员会编,广东人民出版社,2014年12月版)记载:直到20世纪60年代,"农户养猪基本上是家中有什么就喂什么,一般采用番薯藤、菜叶、潲水加入一些粮食、糠类煮熟加水喂养"。

外国亦然。这个猪年仲春,重读了美国E.B.怀特《夏洛的网》,是写猪最好的作品之一,著名的儿童文学,也饱含人生寓意而很适合成年人阅读和回味。(恰好,今年是怀特诞辰120周年,而该书情节又是从春天开始。)这个好猪与好蛛的故事,除了关于友爱和生命的思考,还反映了美利坚的乡村、农场,严锋在极力推崇《夏洛的网》的《好书》一文谈道,怀特迷恋简单素朴的农村生活,一生有很大一部分光阴在乡间度过,是"养猪的好手",本书很多地方就是写他的亲历。这里只说一个细节,书中第一次出现人们喂小猪夏洛的食料是:"混合着热奶、土豆皮、麦麸皮、玉米片和查克曼家早餐吃剩的碎饼屑。"此后还有三处更详尽具体的描写,也大致相近,都是"这样那样的剩东西"。总之,其实

猪年植物志

✿

就是美式潲水。然而,在如此场景中,却展现了那么美和感人的好看故事。

农场是怀特写作和生活的坐标。他曾长期脱离大都会,到乡村做农夫,一边养殖各种禽畜,一边在大自然中写作。《夏洛的网》就源于他对自己养的猪命运的反思,另还写过随笔《一头猪的死亡》。怀特在农场找到了城市社会中消失的和谐与安宁,得以悠然消磨平静日子,他后来说过,那是一生中最快乐的时光。他最后也在农场去世。——某种程度上,怀特可以说是一个乡村隐者。

猪虽然不是文学作品中的常客,但类似怀特这样的人,在我们古代也有,如隋唐年间的王绩。今年立春除夕,深夜守岁时读当日所获的袁建章《中国生肖诗歌大典:戌狗卷·亥猪卷》,收入其《田家三首》之一,有云:"相逢一醉饱,独坐数行书。小池聊养鹤,闲田且牧猪。"很喜欢,是写猪诗词中不可多得的佳作,可以此美意祝愿猪年大家心有闲田。

王绩是隐士的代表,隋唐的变幻风云和仕宦的凶险乱象,令其学陶渊明挂冠归田,一生大部分时间都在隐逸中度过,以纵酒和读书为生活主要内容,如上引的前两句,又如"置酒烧枯叶,披书坐落花"。我大学时还曾将其"眼看人尽醉,何忍独为醒"书于榻侧壁上。现因猪年得此咏猪好句,遂在3月的《哪些植物可以喂猪》和《中国饲用植物志》之间,重温《夏洛的网》之外,还

岁时花事

✿

购读《王绩诗注》(王国安注)。看他弃官归隐,结庐乡下,除了琴酒自乐、酩酊避世,以及养雁、种黍(另参辛文房《唐才子传》等),猪也是其躬耕的标志,不仅"闲田且牧猪",另还有《薛记室收过庄见寻率题古意以赠》:"忆我少年时……尝学公孙弘,策杖牧群猪。"可见王绩早已娴熟此道,而且放牧的是"群猪",说明也是像怀特那样的"养猪好手"。——中西古今两位隐者,通过以猪为元素的田园生活,可以联系在一起。

那诗中写到的公孙弘,是西汉名臣、学者,由博士一直做到丞相,《汉书》记其年轻时"家贫,牧豕海上"。类似人物在汉代还不少,《后汉书》载一位承宫,也曾在贫穷童年"牧豕听经",亦终成大器;又一位孙期,也是边"牧豕于大泽"边"勤习典籍";再一位梁鸿,就是"举案齐眉"的主角,亦有类似的牧豕故事。

吴青霞有一幅《牧豕待时》,大概就典出这些汉人。今年初在网上旧书店偶遇该画的印刷品,很觉恰好欢喜,买回来裱起挂在书屋。画绘青山绿野,一个白衣少年盘腿坐在石上,持卷细读,他欣然会心的专注神态,与身边几只或黑或白的猪之情状——有的在草地悠然觅食,有的在山脚奔跑嬉戏——构成且牧猪且读书的独特意境,很合我心,也合猪年;画题的"待时",不知有何出处,但也颇可品味。

如此牧豕,是原始自然状态。猪爱杂食各种野草野菜,很耐粗饲，适宜随时放牧，那是最自由、天然的方式，故能贴近隐者、文人。而按《中国生肖诗歌大典：戌狗卷·亥猪卷》对王绩《田家》的注解，"闲田且牧猪"说明隋末唐初还未普遍推广圈养的方式。后来圈养普及，到我这个年代，就更不可能有野外牧猪的经历了，但也曾在童年与喂猪结缘……

忆儿时与猪同食

购得那两本《中国饲用植物志》最为欣喜的，是第二卷最后部分，载有甘薯（广东叫番薯）和水葫芦（我习惯用本地的俗称水浮莲），让我忆起小时候在农村，与之有关的，与猪同食甚至与猪争食的半苦涩半甜美时光：

当年母亲被下放到大朗镇食品站工作，那里是屠宰场（肉联厂）兼养猪场。在物资匮乏年代，即使这种单位也很艰难，经常不知肉味，不过我却沾了另一种近厨得食的光：保姆的大女儿负责煮猪菜，不时偷偷从中找些可吃的东西给我。特别记得有一次，我又跟着她在那炉火熊熊的大锅旁，这位脸宽宽的、温和淳朴的大姐，从锅里翻腾的各种杂食捞起些稍为成整的番薯小块，让我狼吞虎咽大饱口福，至今难忘。又记得，食品站旁边是个大水塘，里面种满水浮莲，密密簇拥的圆叶，叶柄下部膨大如葫芦（故又名水葫芦），夏天开出成片蓝紫色的花朵，最上面的那片花瓣还有犹如凤眼的鲜黄斑点（故本名凤眼蓝、凤眼莲），别致美丽，是孩童时心眼中的一片亮色……现正好借猪年植物的话题，谈谈这两种儿时草木。

番薯，最值得一说的是其历史曾引起争议。首先关于产地问题，因为番薯的正式名字是甘薯，而东汉杨孚《异物志》、西晋嵇含《南方草木状》等载有"甘薯"，也是源于南方、块根可食，有人据此误以为古已有之，甚至指番薯原产我国（如清代吴其濬《植物名实图考》）。其实，早在明代，徐光启《农政全书》已论述中国原产的山薯和海外引进的番薯是两回事——不过，在同书中另一处他又作出混淆记载，番薯误为甘薯可能就由他开始。到现代，经丁颖《作物名实考》辨明，那些古书上的甘薯是另一种薯蓣类植物，参见《梁家勉农史文集》（倪根金主编）之《番薯引种考》，及靳士英主编《〈异物志〉释析》和《〈南方草木状〉释析》。为此，徐祥浩《华南的奇花异木和珍贵植物》还有专文《甘薯不是番薯》，反对将甘薯与番薯作为同物异名。不过，现在通行还是如此，像张平真《中国蔬菜名称考释》说的，番薯这种舶来新秀鸠占鹊巢，反客为主地把中国传统原有的甘薯变成了自己的正式名称。总之，我们平常说的甘薯/番薯，是原产美洲（德空多尔《农艺植物考源》专门辨析了这个问题。），后传入亚洲，再传入中国。

猪年植物志

✿

第二个问题就在于番薯传华的时间和路径。传统说法，首推16世纪末从菲律宾引入福建，次则18世纪从越南引入广东电白（如唐启宇《中国作物栽培史稿》）。对此，杨宝霖《自力斋文史农史论文选集》中的《我国引进番薯的最早之人和引种番薯的最早之地》，通过查勘族谱、地志等进行细致考证，指出东莞人陈益为我国有准确年代可考的引进番薯第一人，是1582年从越南偷带回来的（因东南亚人先认识到番薯的珍贵，禁止出口，初期几路传入都用各种方法惊险偷运），比福建早了十余年；而且，正是陈益将此物命名为番薯（加一番字，以表示来自异域）。我国大规模引种番薯的地方，就是陈益在其祖父墓地旁租地雇工植薯，并遗嘱子孙，每年祭祀必用此物；经杨宝霖实地寻访，在今虎门镇找到此墓，墓前仍种着番薯。——我前年去看过，很欣慰那墓地和番薯田还保留着，更看到番薯那形如牵牛花的喇叭状淡紫花朵，有一种村姑农妇般的轻淡风致。

几乎与杨宝霖同时，梁家勉《番薯引种考》也得出相同结论，印证了陈益最早引入番薯，还说因其时上距东莞人建立的越南莫氏王朝不久，因此东莞和越南来往较多。这一观点现在已被学界普遍接受，如游修龄《中国农业百科全书·农业历史卷》，就将福建、广东东莞、广东茂名电白并列为三个传播途径。——不过实事求是地说，早期推广栽培最有力的，确实要数福建。

岁时花事

☆

徐光启曾亲自主持过将番薯从福建引种到上海，所撰《农政全书》盛赞其诸多好处，谓："农人之家，不可一岁不种，此实杂植中第一品，亦救荒第一义也。"的确，番薯是高产的救荒食粮，甚至可以说影响了中国历史，有研究者认为，我国人口的激增背景就是番薯的传入，成为农村穷人主要口粮之一。

这种杂粮作物太常见，它对人的种种用处和优点就不列举了，这里只说对猪。清初屈大均《广东新语》已谓番薯"叶可肥猪"。《中国饲用植物志》具体记述：其茎叶适口性好，营养价值高；薯块也是很好的能量饲料，煮熟喂猪能将消化率提高一倍。——只是在特殊年代，这些煮熟的薯块却被我猪口夺食了。

其实，前面几节写到的蔬菜野菜都是人猪分享的，类似的还有不少。对此，周华诚《草木滋味》在谈紫云英时顺带说道："番薯也是给猪吃的"，还有其他蔬菜，"至少也是人与猪共吃"。在乡下，人与猪"是平等而友好的关系，享受一样的待遇，我有什么吃的，你便有什么吃的，并没有分出什么高下来"——这种意味挺好，我当然不会为自己经历的那个饥饿、贫困的年代辩护，但在与猪同食中，却真有一份自然的万物众生谐和气象。

水浮莲，据说也属于这一类，有些地方的人拿来做菜蔬食用，不过这只是它的次要用途。最初，水浮莲是因花色漂亮，被作为观赏植物从南美带到世界各地，其中20世纪初引入我国台

猪年植物志

✧

湾;到20世纪50年代,被作为猪饲料再次引进,大量种植于南方(何家庆《中国外来植物》)。这一点《东莞市农业志》可为佐证,记载当时由于农民养猪饲料供应遇到困难,农牧部门全力推广水浮莲等高产水生青饲料。前面说我小时候(20世纪70年代初)食品站旁那个水塘所种的,应该就是供给养猪场的。

一直到20世纪80年代后期出版的《中国饲用植物志》,还盛赞水浮莲柔软多汁,鲜嫩可口,营养丰富,容易消化,是猪的优等饲料,因此记录了很多人工促进其生长的办法,以推动扩养。但其实水浮莲繁殖迅猛,自然逸生后大面积蔓延,后来就泛滥成灾了,破坏水体环境和生物多样性,影响航运、排灌与水产养殖,也造成污染(虽然另一方面它有净水能力),成为外来物种侵害的典型代表之一(曾宪锋《华南归化植物暨入侵植物》)。

对水浮莲这种沉浮兴衰,我以前撰文谈过,也曾因它严重堵塞河道参与过清除治理工作。现在除了新增上面的资料,还有一个可喜的收获,是去年冬天游览伦敦的皇家植物园邱园,买回的纪念品中有一张水浮莲明信片,肥厚稚拙的浓绿大叶,蓝黄色斑的淡紫小花,蓬勃又精致,野气又清丽,很可赏玩。为此查了一下作者,原来就是之前已留意过的19世纪英国植物画家和博物学家玛丽安娜·诺斯。

据杰夫·霍奇《英国皇家园艺学会植物学指南》和马丁·里

岁时花事

✿

克斯《植物大发现——黄金时代的图谱艺术》介绍,诺斯是维多利亚时期女探险家、女花卉画家群体中最著名的一个,曾多次环游世界(包括水浮莲的原产地巴西),用绚丽生动而又科学精确的画笔,记录各地的独特植物,很有研究价值。她与两代邱园园长威廉·胡克、约瑟夫·胡克父子都有交情,后来将其植物画作捐给邱园,专门建立了一个画廊来展出。约瑟夫·胡克还用诺斯的名字,命名一种她在亚洲热带地区发现的猪笼草新种,《英国皇家园艺学会植物学指南》收录了她画的这幅诺斯猪笼草。——为写水浮莲而查到这个细节很高兴,因为可以回应本文开头的猪笼草。

至于回应本节的开头,与水浮莲有关的童年,这里转引韩开春《水边记忆——江南水生植物随笔》的两段描述。先是作者回想小时候在农村,水葫芦铺满整个池塘,他会扯些上来,捏叶柄下部那些膨胀而中空的"葫芦",听一下啪啪的响声;也会用竹竿把它们成群拖上岸,让母亲切碎喂猪。——关于喂猪,还可补充一下,贾思勰《齐民要术》记:"猪性甚便水生之草,耙耧水藻等近岸,猪食之皆肥。"可见水草类植物本就是猪爱吃的。另还有一种别名也叫水浮莲的大薸,亦是常用的猪饲料。关于"捏葫芦",水浮莲那个海绵质气囊,作用是使整株植物能漂浮于水面;从前没有什么玩具和娱乐的年代,捏捏这个"泡泡"听听响动,确是

猪年植物志

☆

南方水乡小孩子的游戏,被本书唤起一点回忆,很是亲切。

另一段记述是:虽然作者后来知道它会生长失控成为有害植物,但是,他那时村中的水葫芦只在一口塘里安安静静地生长,没有亲见其造成的严重危害,"所以在我的少年记忆中,对水葫芦还真没什么坏印象"。这也是我的心情了。那寂寞而平静的童年,就像作者笔下的水浮莲一样,"波澜不惊",不引人注意,"可以按照自己的方式自由地生长"。虽然贫瘠,却正如我在本节一开头说的,是半苦涩半甜美的时光。

特别是,水浮莲的花留给我们这代孩童的愉悦:每年夏秋,"满塘挨挨挤挤的水葫芦叶间都会绽开浅蓝紫色的花朵,十分好看"。说这话的《水边记忆》,封面画用的就是此花。只是,我现在回乡已找不到被侯宽昭《广州植物志》形容为"极美丽"的水浮莲花儿了。

说的是去年六月荔熟时节,按习惯回大朗找保姆的家人吃荔枝。多年间都借这个由头探望相聚,这回还特地有个安排,是请保姆的小女儿——与我很亲的保姆、她那给我吃过猪食锅中番薯的大女儿,都不在了——领我去寻觅儿时旧迹。已天翻地覆完全变样了:整条旧村早就改建成一片庞大的商业区,曾经的食品站如今是一个铺位密布的商城,旁边是热闹的街道,全无当年的影子;保姆小女儿带我穿过迷宫般的商场,指着后面那些大排档和

岁时花事

☆

旅馆所在,说这就是原来的猪场和水浮莲池塘,也同样一点都认不出;其他种种亦然,唯一只有一条骑楼旧街,是我小时候的镇上商业中心,虽然已经败落,但有一段基本还保留原来的状貌,记得街口的大榕树、个别老建筑,只是那间自己第一次买书(用保姆给我作为帮她做莞草编织手工的两毛钱买了本连环图)的书店已经拆掉。烈日下,保姆小女儿一路絮絮叨叨指点告知,言下也颇为唏嘘,然而我却大都对不上号,仅剩下依稀的影迹——这就更唏嘘了。

与家(包括母亲的和保姆的旧居)、与书、与猪相关的旧痕,就这样在工业化城市化的进程中荡然无存,恍如隔世。——然而我相信,植物会比其他东西更牢靠、更长久:那个猪场、那片池塘、那间食品站、那些家居消失了,甚至后继的繁华高楼总有一天都终归消失,这是自然的规律,残酷而正常;但植物比它们的历史要长远得多,即使番薯和水浮莲这样的外来物种,都分别扎根了四百多年和一百多年,而且还将延续下去,至少,像熟番薯的香味、水浮莲的花色,会留在书籍和文字中,留在明信片和封面画上,留在我的心间与记忆里……这是自然给予的慰藉了,虚幻却温存。

2019年4月13日开笔,这天在图书馆提

猪年植物志

✿

前过世界读书日,"读书不觉已春深"条幅下恰购得《春深更着花》等书;

5月5日完稿,此乃农历四月初一、立夏前日,风雨送春之时,高启写于明代这天的《四月朔日休沐雨中》诗恰好暗合:"卧听鸠啼花落尽,此身如在故园间。"

鼠情花，镇疫草

岁时花事

✿

庚子新年以来,"太平草木"开春:读一点北宋"太平三书"(太平兴国年间朝廷全面辑编前代文献的《太平广记》《太平御览》,以及地理总志《太平寰宇记》),和宋代崇医背景下涌现的多部本草名著。这是因今年的个人读书主题顺延至宋朝,也是在新冠肺炎疫情蔓延肆虐之时,以吉祥书名和药物内容作为祛灾祝祷。

这些巨著繁富浩博,我只选览了应合年时的动植物部分,重点是搜觅鼠年草木典故。虽然,关于鼠向来没什么好话,即使与植物的关系亦然,如《诗经》名句"硕鼠硕鼠,无食我黍",老鼠与民争粮,从一开始便是人与庄稼的对立面。但"鼠"与"书""树"谐音,故在书中缀拾一些相关花草,亦为宜焉。

美人蕉间痴情鼠

李昉等编《太平广记》的鼠之卷,收录了历代不少负面故事(如人对鼠的一贯印象)和正面记载(如鼠报恩救人、鼠助人富贵、见鼠舞为吉兆),最让我注目的是以下一则:

"红飞鼠,多出交趾及广管陇(垅)州,有深毛茸茸然,唯肉翼浅黑色。多双伏红蕉花间,采捕者若获一,则其一不去。南中妇人,买而带之,以为媚药。"——在岭南的红蕉花中,栖息着成双成对的红色飞鼠,它们相伴甚笃,如果一只被人捉走,另一只

鼠情花,镇疫草

✿

决不肯逃去,人们视之为情爱象征,迷信的女人把它们当作可吸引异性的迷药,像饰品一样买来佩戴。这情景颇为诡异,却也瑰丽,那红艳花间相爱相守的红飞鼠,是很有情味的意象。

该条是转载唐末在广州任官、定居的刘恂所撰《岭表录异》。我因之去查原书,却另有发现:商璧等《岭表录异校补》的注释中说,这写的是蝙蝠,土语称为飞鼠。

再牵连读相关书:刘恂之前不久也在广州做官的段公路写过《北户录》,已有类似记载,所述与《岭表录异》略有出入,但明确说是"红蝙蝠",并点出其"背深红色"。更早一些,段成式《酉阳杂俎》便有"红蝙蝠"条,引用别人对他讲述:"南中红蕉,花时有红蝙蝠集花中,南人呼为红蝙蝠。"这似乎是最早的出处,看来属于唐代广为传播的岭南趣闻,而段公路、刘恂以亲身入粤的经历,对此一再深入细化记述。

综合以上资料,红飞鼠原来即红蝙蝠。事实上,鼠和蝙蝠因为形似,常被联系在一起,同出于李昉等编的《太平御览》引古书谓:"百岁之鼠化为蝙蝠。"这在当前背景下,颇让人不堪……只是,另一方面,蝠与"福"同音,在传统中本是吉祥物,古画有钟馗蝙蝠图,乃驱鬼纳福之意。故此,鼠年在书中遇到这痴情鼠,也可算是以"读"解毒。

红飞鼠的传奇从唐到宋一直流传,除了《太平广记》引用

岁时花事

✿

《岭表录异》，钱易《南部新书》也将《酉阳杂俎》那几句话稍为改动收入："南中红蕉花，色红，有蝙蝠集花中，南人呼为红蝠。"——请注意，这一前（《酉阳杂俎》）一后（《南部新书》）两处，视角是首先落在红蕉花上的，不像中间的《北户录》《岭表录异》《太平广记》，从飞鼠蝙蝠说起，并以之为主角。是的，这个故事还有一个重要元素，即红飞鼠寄居的红蕉，以此才构成美艳画面。

关于红蕉，宋代从苏颂的《本草图经》到陈景沂的《全芳备祖》等草木专著，都陈陈相因地提到：甘蕉（按：即香蕉）中花色"红者如火炬，谓之红蕉"。但这似乎只是一种蕉的别名，并非通常作为独立名称的红蕉。乐史《太平寰宇记》的"岭南道"记各地土产，其中梅州有山蕉，昭州（今桂林一带）则有红蕉，但亦语焉不详。

对此，另一位宋人范成大给出了答案。他曾执掌广西军政，通过在桂林的实地调查和见闻写成的《桂海虞衡志》，当中各种"蕉子"之外，还有一则"红蕉花"，即不属于芭蕉、香蕉的另一种植物。他描述此花："叶瘦类芦箬，中心抽条，条端发花……色正红，如榴花荔子，其端各有一点鲜绿，尤可爱……春夏开，至岁寒犹芳。"胡起望等《桂海虞衡志辑佚校注》说，这是美人蕉，并引宋人宋祁《益部方物略记》、明人王象晋《群芳谱》等为证，

鼠情花，镇疫草

✿

还指出在宋代已植为观赏花卉。

许逸民校笺的《酉阳杂俎校笺》，也引用了范成大的记载来注解那些红蝙蝠聚焦的红蕉，说俗称美人蕉。还有，周去非仿照《桂海虞衡志》撰写的《岭外代答》，基本袭用了前者的红蕉花内容，杨武泉《岭外代答校注》亦云，此即美人蕉。

真正的红蕉是美人蕉，已成定论。它属于美人蕉科，与芭蕉科的芭蕉、香蕉其实很不相同，没有后者那么高身大叶，更没有可食用的蕉果，但同样是受人喜爱的园林植物，形态美，花朵大，花色艳（不限于正红，还有浅红、黄、橙等），花期长，至今都常见用作绿化栽培。十余年前我游湖北，在武汉买过真柏著《花花草草的七情六欲》，里面美人蕉一篇指出其"花色俱靓，茎叶俱美"：花朵夺目，火热燃烧，枝叶也动人，"宽厚大方"；并盛赞其随处可生的适应性，能净化有害空气和污染水体。如今，读这样的记述别有意味。

再说红蕉与芭蕉之辨。陈菲等著《唐诗花园》，在同类书中难得地将两者区别开来，分两章介绍相对应的唐诗。确实，原产热带的红蕉，在唐代就已为来到南方的文人瞩目，柳宗元、李绅、徐凝、韩偓等都留下过专题诗文，我去年写的《大唐两广，草木三生》已谈到过，不多赘言，但要再次转引美国薛爱华《朱雀：唐代的南方意象》的一句话："红蕉在古代诗词中备受赞美，它与这片朱雀的领土相得益彰。"该书独到地指出，岭南以其自然环境，色彩主调是红，特有的红色花卉和果实最能代表当地本质。

这"绿罗丛里著朱衣"（宋代胡用庄《咏红蕉》）的花间，还生活着红色的飞鼠，一静一动红中红，更为耀眼。而古代绘画、瓷器中常出现红色蝙蝠，寓意"洪福"。然则，新年记此，亦为红彤彤的吉利喜庆。

另外，美人蕉一名也给这个意象增添了韵味。该名称从前引《群芳谱》可知，自明代已出现。（另于雷寅威等编选《中国历代百花诗选》检得，确是最早在明朝有皇甫汸等人赋咏《题美人蕉》。又明人高濂《遵生八笺》记"红蕉花二种"，谓："种自东粤来者，名美人蕉。"）也许因为叶子与芭蕉相似，人们将其用"蕉"命名，甚至视为蕉的一种；而因花朵的艳丽、姿态的曼妙，遂被以"美人"为喻——如真柏说的，美人蕉之名"妩媚而亲切"，它"也的确不虚此名"。而红飞鼠在美人之花中痴情相依，真是可爱的图景了。

所以，这美人红蕉堪称鼠之情花——本文标题的"鼠情花"，便是此意。另一点微意，是冀以花事"抒情"。这个庚子鼠年，董桥所书的挥春有"鼠"之谐音的吉祥语："舒心。"唯愿我们在紧张应对当下情势之余，也能得些舒心舒缓，抒情抒怀。

鼠情花,镇疫草

☆

青团黄酒鼠曲草

"太平本草"诸书还记录了不少与鼠同名的植物,这里选谈一种有典实、有情味,且身边就有的:鼠曲草(亦作鼠麹草,以下如引用的原文如此的,则维持原著说法)。

此草作为药物首载于唐人陈藏器《本草拾遗》,经宋代掌禹锡等《嘉祐本草》,特别是唐代慎微《证类本草》引用而保存下来的内容,主要有:"叶有白毛,黄花",可用来染色,又名鼠耳草;入药去咳除痰、"调中益气";还能食用,"杂米粉作糗(按:干饭或米糊),食之甜美";就此引《荆楚岁时记》:"三月三日取鼠麹汁,蜜和为粉,谓之龙舌𩰚(按:同粄,米制糕饼),以压(按:原文为'厌',义相同)时气。"以下就由此分述鼠曲草的种种。

首先,与形态有关的。《太平御览》引西晋郭义恭《广志》:"鼠耳,叶如耳,缥色也。"这是指叶子形状像老鼠耳朵,长着白毛而呈现青中泛白的颜色。李时珍《本草纲目》介绍,因为鼠曲草这"白茸如鼠耳之毛",在北方还有个别名茸母,他引了宋徽宗一句诗:"茸母初生认禁烟。"——赵佶被金兵掳至蛮荒北地后的这首《清明日作》,写他在那祭祖追远的特别日子,遥望中土乡关,回忆帝城春色,直抒国破家亡的凄然;鼠曲草,独立于全诗开篇处,以幽微之身认证着亡国之君的故都之思,见证着文艺天子被囚禁异域至死的悲苦命运。

岁时花事

✿

不过,鼠曲草属植物虽然分布广泛,在中国北方也有,但据邢福武等主编《东莞植物志》,其主要产地是长江流域和珠江流域。综合此志及我昔年湖北旅行的背景书、中国科学院武汉植物研究所编著《神农架植物》等记载:鼠曲草初生贴地,之后草茎直立,叶子疏朗,全身密被白色绒毛,如绿中披霜,顶生金黄鲜艳的成团小花,形貌可人,花、果期在春秋两季;全草入药,清热解毒,主治的病症包括肺炎。

其次,与食用有关的。虽然鼠曲草一般记载是作药用,但它富含营养,人们在清明前后采来入馔,称为清明菜;更多则是制为糕点,因它可做天然的染色剂,让糯米团变青,颜色逗人,因而很受欢迎,南方各地都有这种食俗,称为青团、鼠曲糍粑、清明果、黄花麦果糕等。就此,抄两段文字:

周作人《雨天的书》中《故乡的野菜》记曰:"黄花麦果通称鼠麹草,系菊科植物,叶小微圆互生,表面有白毛,花黄色,簇生梢头。春天采嫩叶,捣烂去汁,和粉作糕,称黄花麦果糕。"下述他故乡浙江旧时清明前后扫墓,会以之作供品。另"日本称作'御形',与荠菜同为春的七草之一,也采来做点心用,状如艾饺,名曰'草饼',春分前后多食之"。

郭宪《那些花儿》中《清明菜,清明粑》写道:清明时节,清明菜即鼠麹草生长茂盛,花叶"黄绿相映,也是山城的一道

鼠情花，镇疫草

❖

风景"；"外婆将我们采摘回来的清明菜用水淘去泥沙……切成短短的节，掺进面粉里调成稠稠的面糊，那面糊就绿莹莹地可爱……在锅里浇上一点油，舀上一瓢面糊，薄薄地摊在锅里，借着火力和滚油，那面糊就变成了一张漂亮的清明粑，黄黄的面皮透着亮，悠悠地散着香气，可可地吸引人"。（这是作者在重庆的儿时往事，但该书是我十余年前在宜昌买的，由此也就唤起我对湖北的印象和怀想。）

需要说明的是，这些糕点，各地除了叫法和做法不同（如还会包着咸甜不一的各种馅料），用作材料的植物也不止鼠曲草，还有艾等。但这艾草又不同于一般中医药用、常见于端午民俗的正宗的艾，而是野艾蒿或五月艾。（以上种种，宋乐天《无尽绿》中的《青与清明果》，蔡珠儿《种地书》中的《艾之味》，殷若衿《草木有趣——跟着二十四节气过日子》中的清明一章，都有详尽介绍。）我所在的莞邑，至今仍保持清明时节吃艾角的传统习惯，那些加入米粉做成面皮、染色添香的野草，除了艾，就有鼠曲草（邻邑惠州的老友严君则见告：当地做的粉果，也会在面皮里揉入土名叫艾的鼠曲草）。艾角的碧绿色调和独特清芬，是我的春日乡土记忆。

上述背景多为清明，但也有其他节日的。如严君说的惠州做粉果，是在冬至和除夕（用的是上一年采收晒干的鼠曲草）。又

岁时花事

☆

如周松芳的《广东味道》,讲潮州特色的粿,其中"春节有鼠曲粿,系将鼠曲草熬成汤汁,调入粿皮,裹馅压模,置叶上蒸熟而成"。另外就是前面提过的《荆楚岁时记》所载农历三月三,沈书枝《八九十枝花》中的《艾蒿与鼠麹草》,记她的家乡安徽用新采的鼠麹草做青团,也是在三月三的。

南朝梁宗懔《荆楚岁时记》所云:"三月三日取鼠麹汁,蜜和为粉,谓之龙舌䉽,以厌时气。"后来还被收入唐人韩鄂《岁华纪丽》、宋人陈元靓《岁时广记》的三月三上巳节部分。此外,近代王蟫斋《月令杂事诗》的三月三日一首有云:"染罢高丽青艾饼。"自注典出《宋史·高丽国传》:"上巳日以青艾染饼,为盘馐之冠。"可见这种三月三艾饼(如前述,应包含了鼠曲草)在宋代流传远至朝鲜,还是该节日的顶级食品。

三月三上巳,是我很感兴趣的古代重要节日,喜欢其水滨洗涤、祓禊祈福的古意,和后来演变出的曲水流觞、踏青游春等风尚,正如《荆楚岁时记》在"取鼠麹汁……"之前记:"三月三日,士民并出江渚池沼间,为流杯曲水之饮。"现在才喜悉,除了这类已熟知的赏心乐事,原来还有制食鼠曲汁龙舌䉽、青艾饼的古风。这也是对的,上巳的起源是洗垢消灾,人们要用香薰草药沐浴;而鼠曲草或艾草,可入药治疗肺炎等,且有香味,正可兼辟邪之效。——《荆楚岁时记》记述的古荆楚地区,即湖北,借此也祝

鼠情花，镇疫草

✿

愿可如鼠麴草之"压时气"（驱镇时疫）。

最后，是与名称有关的。"镇疫草"只是我给起的名字，至于正名鼠曲（麴）草，"鼠"字当如前面说过的、形容其叶如鼠耳；"麴（曲）"，李时珍《本草纲目》解释，是指"其花黄如麴（曲）色"。麴（曲）乃麦、豆等制来酿酒或做酱的发酵物，上面长着灰尘般的黄菌。古人似乎颇看重此物此色，衍生了"麴（曲）尘"等词，因此用来命名这种黄花小草，应是出于喜悦的心情。

上面还谈过鼠曲草的一些别名，但我更感兴趣的是在《太平广记》读到的一则"无心草"，说："蚍蜉酒草，一曰鼠耳，象形也。亦曰无心草。"该条出自《酉阳杂俎》，许逸民《酉阳杂俎校笺》注释说即鼠麴草。

《本草纲目》也引用了这则记载，猜测可能是"蚍蜉食此，故有此名"。不过，蚍蜉酒草一名中还有个"酒"字，我想大概亦由麴延伸而来：蚍蜉是大蚁，它们吃鼠曲草，让人联想到形如蚂蚁的酒上浮滓泡沫（白居易"绿蚁新醅酒"便是这种"酒蚁"）。至于无心草，李时珍没有说明，不知典出为何。但《太平御览》引三国魏张揖撰《广雅》："无心，鼠耳也。"可见此名起源很早。

"无心"，这个词让我低徊。"于心无事，于事无心"，既高迈圆融又虚空倦慵。"从此无心爱良夜，任他明月下西楼"（唐代李益《写情》），惆怅至极的决绝。而拜网络搜索之便，查到我今

岁时花事

✿

年主题宋的重点人物苏轼,也多次写过"无心",当中不少源于他服膺的陶渊明《归去来兮辞》之"云无心而出岫",表达类似的出处心境,如《和文与可洋川园池三十首·望云楼》:"出本无心归亦好,白云还似望云人。"此外,《送范景仁游洛中》:"得酒相逢乐,无心遇所安。"反映了苏东坡重视友情、豁达乐天、随遇而安。这两句诗正好将蚍蜉酒草与无心草二名结合在一起了。是啊,天地不仁,人如蝼蚁,但正因此才要互相珍视而勿彼此伤害(老友李兄的意思);世事纷扰,无非曲尘,但正因此对再糟糕的遭遇亦可蔑视之而自乐自安。聊尽杯中酒(忽想起曾在武汉喝过很畅快的酒……),无心且去来。

行文至此,疫情防控依然紧张,说这些话,进而包括写这些花草小情趣,似乎有点远离现实而无心无肝了。然而,我在鼠年读的第一本书、E.B.怀特的《精灵鼠小弟》,有段对话印象深刻:"你先告诉我们,什么是重要的?""阴暗下午到头来出现的一束阳光,音乐的一个音符,一个小宝宝脖子后面的香味……"是的,在生死大役之外,在各尽职责之余,对这样的日常美好点滴,同样应该看重。就像鼠曲草,不无悲凉气息,除了曾相伴宋徽宗的清明涕泪,还有由它制作的黄花麦果糕,如周作人所记,是用作清明扫墓祭祀;然而,这些青团在供奉死者的同时,亦供人们分享,且像《证类本草》等说的"食之甜美",这是一个很好的象

鼠曲花,镇疫草

✿

征,是面对死亡阴影的生活姿态。什么是重要的?也许就包括心系防疫的同时,仍可以无所系心于苦涩,而守护一点点家常的甜美吧。

> 2020年2月8日、元宵节,新年启笔;2月19日、雨水节气,重温自己昔年游鄂的书籍、游记、照片(原来很多美妙的花草,都是在湖北及武汉首次认识的),完成初稿。
>
> 鼠年正月收结的2月23日,修订二稿——是日偶然发现,阳台花盆竟然野生了几棵鼠曲草,此乃首度飞来我家,恰好佐我此文,岂非天意哉。
>
> 2022年3月19日、春分前日,在紧张繁忙中,为收入书稿而因应时势再删订

爱花的牛，牵牛的花

岁时花事

✿

新年牛之书

今年是辛丑牛年,买了几本以牛为名的书开年,其中有一个绘本《爱花的牛》,由美国曼罗·里夫撰文、罗伯特·劳森绘画,讲在西班牙有一头牛,与爱跑爱跳的同伴不同,"更喜欢静静地坐着,闻闻花香",他不和别的牛玩,对公牛们热衷参加的斗牛赛也不感兴趣,"他还是喜欢静静地坐在栎树下,闻闻花香",并不觉得孤单,而是自得其乐。但阴差阳错,偏偏是他被当作牛之强者而选中拉去斗牛场。然而,在一片热闹疯狂中,当他看到观众席女士们头上戴的花,便又静静地在场中坐了下来,只顾闻那些花香,全不理会斗牛士的刺激挑衅,让对方的各种花样无可炫耀。人们只好把他送回乡下,结尾是:他"依然坐在他心爱的栎树下,静静地闻着花香——他过得很幸福"。

我喜欢这个故事,里面包含了各种合心、会心的元素:牛年的牛,花树的花;在个人小天地里安静自娱,与世无争;就算偶然入了竞技场,但对表面狂欢实质血腥的世界有一份清醒,不配合以生命为代价的演出;最终得以在花木中成全自我……再加上故事背景的西班牙,是我喜爱之地(今年,久远的旅行计划又一次夭折,可以此书聊寄神往);细节中的簪花,也是我今年读写的题目,种种欣悦。

在新年家中读这《爱花的牛》,外面天色清妍明丽,屋内年

爱花的牛，牵牛的花

✿

花清艳缤纷；书架旁，有知己友人题写的春条"牛角挂书"（我上一个牛年就喜爱的典故）；大门口，是老同学所书春联"一庭花发绽生意，四野牛耕开丰年"（自己所撰）；书桌上，各方朋友送的"故宫日历·丰年禾黍香"（牛耕主题）、"崇正日历·嗨皮牛year"；阳台里，繁茂花果间摆了一些牛饰物，一起晒着灿烂的春阳……这丰盈又清静的氛围中，品味"诗与哲理如春天花朵般处处盛开"的清朗新书（同时启读的吴煦斌《牛》之刘以鬯评语），乃牛年开春的吉祥乐事。

《牛》中写道："我们便带着山的肃穆开始我们的旅程。我们穿过木槿和草樱的短丛朝南方走去，清晨的太阳穿过我们的肌肤给我们带来了一种微悸的祈望。"而《爱花的牛》，如上述，有一句在全书不长篇幅中多次重复出现的话："他喜欢静静地坐着，闻闻花香。""他可以一整天都坐在树荫下，闻着花香。"——这些，便是新一个牛年的美好愿景了。

开年牛之花

2月春节假期的另一乐事，是牛年访牛地：因当下情势，不出远门，倒可借此深入本邑乡村来过年；因应辛丑牛年，特别选了一批以牛为名，或与牛相关的镇村去走走。淳朴而蓬勃、古老又新姿、丰美兼清宁的农村风貌，让人在亲切中长知识见闻，在

岁时花事

✿

新年里得轻松欢愉;听些牛故事,看些牛耕展,吃些牛美食,逛些牛文化景点,欣赏各种牛的雕塑和书画,更为应景一乐。其中,有的村还与自己本姓张氏的前贤名人有关,也算一种新年寻宗,都是开年的好意头。

此外有一样属于无意恰好的,是大年初一与家人去东江边一个农业园游玩,喜遇对应牛年的牵牛花:清澈的蓝天下,水畔的棚架上,大片牵牛花在藤蔓缠绵间朵朵盛开,明艳极了。它那底部管状、上半截骤然绽放如喇叭的花朵;醉人的紫调花色,但又蕴含了从绯红到深紫的变化;还有从花心到花瓣延展的、星星光芒般的条纹,以及心形的绿叶,都十分迷人。

顺便说一下,当日在该园还看到与牵牛同属旋花科,形貌相似的五爪金龙,这种野花在南方更常见,它除了花色不如牵牛艳丽,还有一个显著区别是叶子为掌状开裂,牵牛的叶则是心形的。另外,后来我生日的那天,《羊城晚报》刊出克莉斯汀一篇《不是开花像喇叭就叫喇叭花》,介绍还有几种形如喇叭花牵牛的:番薯藤、厚藤、空心菜即蕹菜,它们都是旋花科植物,与五爪金龙一样皆为浅紫色。

牛年第一天就邂逅牵牛花,惊喜欣快,更加确定将它选为私人的今年生肖年花。对牵牛,我已专门写过多次,现既恰逢牛年这一天意,很应该再谈谈,但就不会写成完整的专文了,只将去

爱花的牛,牵牛的花

☆

年那最后一篇以来、牛年的一些读书杂感,整理成几则札记汇集于此。

牵动牛郎与牛仔的花

这个牛年春节,我在朋友圈转发过一张网上流传的图片,是丰子恺画的一头黄牛、两角簪花,题诗曰:"红花两朵插牛头,辛丑新春应属牛。祝你今春耕种好,风调雨顺庆丰收。"此乃其上一个辛丑年春节所作,一甲子后被人发掘出来重新应景。而就在那一年(1961年),丰子恺开始翻译日本古典文学巨著《源氏物语》。紫式部这本小说中,写到朝颜(牵牛花)和夕颜(葫芦等花),将它们开后很快凋谢、娇艳却又短命的特性,与人物情事结合起来:"此花象征人世无常,令人看了不胜感慨。"

上举的自己旧作,"东瀛"篇有详记这源氏的朝颜夕颜物语,"七夕"篇则谈了牵牛织女传说与花期在七夕前后的牵牛花之联系。丰子恺很喜欢牵牛织女故事,写过《牛女》谈相关文史典故,还一再画过《卧看牵牛织女星》:女子独自在烛火屏风前的床上,侧身凝望着窗外的星月,寂寥而又温馨的图景。此画我见过两个版本,来自差不多十年前的夏日,闲逛香江时看"有情世界——丰子恺的艺术"(那次看展的收获带来恒久回味,曾多次写入不同的文章),分别买的丰子恺作品画片和明川《丰子恺漫画

岁时花事

✿

选绎》,都有构图细节略异的这一作品。前者现已不知闲置何处,一时找不出来,但我知道它一定在的。因写本文,重览旧书旧物,翻出一本前几年的丰子恺漫画日历,里面就恰好收有这个版本。可见虽然消亡乃至速逝是世间的本质,一如牵牛花,但美好的东西总会在某个角落,至少在记忆里静静相伴,就像哪怕经历久远的时空,哪怕相守于浩瀚银河的两边,但那牵牛织女的星星一直都在。

那次夏日港行,其实在丰子恺展之外,最初重点是去看"巴黎国立毕加索艺术馆珍品展"。回来后买了一本《毕加索的艺术世界》,是以毕加索对贾桂琳(又译杰奎琳等,毕加索的第二任妻子)的创作为主题,包括一套版画《穿新娘服的贾桂琳》,18幅几乎一样的头披婚纱花环的造像,创作时间就是上一个辛丑年——1961年,那年毕加索与贾桂琳结婚。有一本记他们故事的《毕加索的黄昏恋》,当中我印象最深的是一幅毕加索献给贾桂琳的自画像,画中并非其实际年龄的老人,而是一个戴着牛仔帽的少年;画风不是其震撼世界的那种抽象炫目现代派,而是小品般的线描;那少年牛仔带着羞涩的微笑、腼腆的神情,却又流露着热切的爱意,最特别的是他口边叼着一枝花,充满浪漫幸福的气息,朴拙而又动人。

西班牙的毕加索,热爱斗牛文化,喜欢观看和参与斗牛仪

爱花的牛，牵牛的花

☆

式，与斗牛士交往，以斗牛获得艺术启悟，创作了大量公牛、斗牛士、牛头怪的作品。他曾将自己比作公牛，"有斗牛士般的精神"（参考霍劳顿《毕加索传》等）。他毕生也如蛮牛般疯狂宣泄着汪洋恣肆的野性生命力，是带来辉煌也带来震荡的"创造者与毁灭者"（《毕加索传》的副题）。但是，他的内心又始终是一个叼花的清新牛仔。

一朵深渊蓝

虽然有前述的因缘，但丰子恺似乎不怎么待见牵牛花。他有篇散文《送考》，记述一群孩子投考中学，开头和结尾都写到牵牛花，说他过往以手植此花为乐，后来却不喜欢"它们一种弱点：一味想向上爬，盲目地好高"，以此寄望年轻人不要好高骛远。（不过，该文的另一版本则没有这个意象的内容。）

以《源氏物语》为代表，日本人却因牵牛花的一个弱点——朝开午萎（也有黄昏凋谢的），而对其有特殊感情。"天明花发艳，转瞬即凋零。"但正是这份绚烂短促，体现了东瀛重视瞬时美感之"物哀"，历来有大量对牵牛花的描绘。

其中，我早在《那时》一文已谈到的与谢芜村俳句："牵牛花啊，一朵深渊色。"长久难忘。此语如此击中人心，后来洁尘的一本《一朵深渊色：四季植物情书》，里面并没有写到牵牛花，却仍

岁时花事

✿

用作书名：《一朵深渊色》。而近读《书城》今年7月号的姜建强日本花事专论《有一种心向叫"秘花"》，里面专门讨论"何谓花的'深渊色'"，说："就是人醉看花的华梦幻景——脚下万丈深渊，醒来满眼碧蓝。"有人不解此语，我进一步补充为：它所象征的，乃是这人世、这时代；牵牛花的碧蓝，是我们面对深渊而能玩味的一点点既实且虚之美。

因为至今仍被与谢芜村那个句子牵系，去年年底和今年3月，分别买了陈黎、张芬龄译的《芭蕉・芜村・一茶：俳句三圣新译300》《春之海终日悠哉游哉：与谢芜村俳句300》。后一书中，那首名作被译为："一朵牵牛花／牵映出／整座深渊蓝。""蓝"似乎是比原文多出的意译，但如此强调该色，亦不无可取。

译者序介绍与谢芜村：这位江户时代承上启下的俳句中兴巨匠，是失落家园的乡愁诗人（因此他以陶渊明的意象自取"芜村"这样的荒凉名字）。他将俳句的题材延伸到天地万物，"用笔用梦耕出另一村"。他同时是个杰出画家，我想，正因此他才能营造出"整座深渊蓝"的强烈画面感。他是入世者，甚至是好色冶游之徒，但又提出"离俗论"，笔下尽多"妖艳的、疏懒无用的新感觉、消极美"。也许正因此，他才能写出牵牛花的"一朵深渊色"吧。

另外，前一书还收入俳圣松尾芭蕉的两首朝颜之作："牵牛

爱花的牛,牵牛的花

✿

花——即便/不甚高明之手画成/也让人爱怜。""牵牛花,对/我们的盛宴不闻/你问——盛开着。"很好地写出了此花的天生丽质和出尘自在。

朝颜与老心

同是陈黎、张芬龄译的一套日本俳句短歌系列,我在3月还买了《牵牛花浮世无篱笆:千代尼俳句250》。千代尼才貌双全,是松尾芭蕉的再传弟子,与谢芜村和她有交往,乃俳句女诗人中的翘楚。书名出自一位俳人访问后写的致意俳句:"啊,牵牛花——/浮世/无篱笆。"比喻她与世界和自然的相通。

至于千代尼自己,则留下被誉为日本花文化最美篇章的:"啊牵牛花——/汲水的吊桶被缠住了/我向人要水。"这是惜美怜生之情:虽口渴也不忍惊动花,宁愿放弃打水向人乞要。该诗被收入邮票,见于众多浮世绘作品,画家还把她的形象绘入有牵牛花的井边之景。

她另有很多写朝颜、夕颜和昼颜的俳句,如:"各色牵牛花/齐放——啊,一波波/撞开的钟声……"比喻奇妙,以牵牛花的钟形,贯通视觉与听觉。

另一今年读到的日本牵牛花佳作,是志贺直哉的《牵牛花》。这是一篇小品的题目,也是楼适夷翻译的其作品选集名字。晚年

岁时花事

✿

的志贺直哉知道楼适夷喜欢和译过他的作品后,托人转赠一本其著日文《朝颜》,楼便新译了里面该篇放在中文版此书首位,并参照而取这个书名,作为感谢和纪念。这种数十年间的人书因缘是可感的,而那薄薄的小书,在20世纪80年代初出版,封面设计清素,一个月下的背影、一串垂曳的牵牛花,也很有淡淡的旧时情味。久闻其名,这个七月为撰此"生肖年花"而重金购聚。

志贺直哉这篇散文,写他年年都种牵牛花,山居书斋旁爬满了此花。因为年纪大,他每天很早醒来却无事可做,就"胡坐在阳台上,一边抽烟,一边看风景,而眼前,则看篱笆上的牵牛花"。他说以前并不觉得牵牛花多美,因为爱睡早觉,没机会看它清晨初开的样子,到现在年老起得早才能见到刚开的花:"牵牛花的生命不过一二小时,看它那娇嫩的神情,不由得想起自己的少年时代。后来想想,在少年时大概已知道娇嫩的美,可是感受还不深,一到老年,才真正觉得美。"

译者后记介绍:志贺直哉"是日本现代作家中从自我体验即所谓身边琐事中取材最多的一位",他的文笔朴素精练,"不透露自己的思想感情"。是这样的节制,才写出了人所未道的牵牛花之闲淡怅美。千代尼那种惜花,固然高于一般的赏花,但也只是人与花之间的共情;而在志贺直哉这里,人与花的生命体验融而为一了,特别是老人与朝颜的比照,最合早已一颗老心的我。

爱花的牛,牵牛的花

✿

追忆逝水年华中的那朵牵牛

时光流逝中,牵牛花的娇嫩青春之美,在一部法兰西巨著中也留下了倩影。云也退公号专栏"看字"讲"牵"时,提到马塞尔·普鲁斯特的《追忆似水年华》第五卷,曾将睡中女子比喻为牵牛花。在本文写作中的7月、普鲁斯特诞辰150周年那天,我便取出《追忆似水年华·Ⅴ.女囚》,选读有关内容。

这一卷讲的是,叙述者"我"(马塞尔)与阿尔贝蒂娜过着半隔绝的幽居生活,沉浸于对情感爱欲的探究、回忆与想象的白日梦中。一如既往,普鲁斯特将那份情状、心事,写得精致细腻、百转千回,包括马塞尔(也是普鲁斯特)所喜爱的睡眠状态。他从对阿尔贝蒂娜睡姿的观察,得到无上的享受和彻底的拥有:既感受她活色生香的真实,又梦想她超越俗气的存在。其中写道:"她从头到脚舒展开来……那姿势真是浑然天成……就像是一棵绽着蓓蕾的修长的树苗。""仿佛她这样睡着的时候,变成了一株植物……她身上只剩下了植物的、树木的无意识生命。"这种摆脱了日常的生命,"是更实在地属于我的",因为她的自我不再流失,"她把散逸出去的一切,都召回到了自身里面……正在向我呼出它轻盈的气息"。他抚摸和亲吻"眼前躺着的这个可爱的女囚",领略到"一种纯洁的、超物质的、神秘的爱"。

关于睡眠与植物的联系,书中在后面还说道:"人们终于得

岁时花事

到比花匠培植出的各种石竹或玫瑰还要多上千百倍的各种睡眠。"而在百花千草中,他特别拈出牵牛花。某夜他耍花招让阿尔贝蒂娜以独特的方式吻自己:借故走开,等她睡了后再回来,躺到她身边,抱起她,让她的头贴在自己的嘴唇上,让她的手搂住自己的脖颈,还在睡觉的她,就仿佛"一株攀缘植物,在人们提供的任何支撑物上繁衍枝蔓的牵牛花"——以牵牛的特征,写睡中少女既无意识任其摆布,又多少有点感觉而下意识地缠拥着情人的状态,细想起来,真是很妙的比喻。

《普鲁斯特随笔集》中有一篇《阿尔贝蒂娜》,是他对一位女友询问小说人物情况的回信。他"尤其热衷于向您表现"阿尔贝蒂娜这个角色,通过介绍马塞尔与她的情爱关系,展现了恋爱的复杂滋味和爱情的惆怅本质,更展示了时间与记忆、死亡与遗忘这些普鲁斯特式命题。"记忆记录的这个时刻与这个人一起经久不衰。""我只有在想到她的时候才能使她复活。""当我的伟大记忆不再让我联想起她的时候,一些微不足道的小事就会具备这种能力。""人们只能忠诚于回忆起的某种东西。"……这些细碎的时刻、细微的事物,应该就包括那个牵牛花的想象。它那一朵花随开随谢的速朽无常,但一片花又绵绵无尽的生生不息,便是逝水年华中我们所能寻回的失去的时光了。

爱花的牛，牵牛的花

☆

满身秋露立多时

谈过异域作品中的牵牛花，该说说吾邦的诗文书画了，先围绕今年一个私人日子讲起：6月的生日。除了前述的恰好当日报纸有文章介绍牵牛的相似植物，此前此后还欣然屡遇牵牛花本尊。

先是获赠一本《读库》笔记、老树的《花事绘》，其中有牵牛花图，蓝花绿叶，蓬勃静美，让人想到作者前言《记忆中的花》描述的往昔乡间："多美啊，那么安静的一个时代。"而该画题诗是："乡野草莽篱前，静开无数朝颜。黄昏转身离去，不愿留连人间。"写出了牵牛花朝开暮谢的清高决绝，也寓意着那种既辛劳朴素、又风雅浪漫的乡村生活，难以永存于现世。

另一份生日礼，钱慧安《十二月令二十四节气七十二候笺谱》，秋季部分有一幅《碧花引蔓缘新竹》，画的是牵牛花，句出陆游的《病卧》诗。

陆游还写过《浣花女》的"插髻烨烨牵牛花"，是宋人簪花的小众品种。而另一位宋人杨巽斋，有《牵牛花》诗："青青柔蔓绕修墙，刷翠成花著处芳。应是折从河鼓手，天孙斜插鬓云香。"这用的是牛郎织女的典故（河鼓指牵牛星，天孙指织女星），诗人妙想：牵牛的牛郎带来了牵牛花，在七夕鹊桥相会时赠给心上人，织女用来簪插在髻上。——牵牛花被攀附到牛郎织女故事，我去年的"七夕"文已举了一些例子,现在这首诗还带出了宋代簪花的背景,写得很美妙旖旎。

杨巽斋此诗,我是从公历新年的开年花书之一、壬辰等《七十二番花信风》中读到,下面的姜夔诗也是。

写本文过程中,某夜为补过生日而设的欢聚饭局,一道菜的碟子上,有食用颜料现画了几朵鲜艳的牵牛花。以此助兴,随后周末牵藤带瓜地翻了几堆相关图书,新读到的古诗词,最佳者出自宋代姜夔。他有两首唱酬友人葛天民(朴翁)的牵牛花诗,其中《武康丞宅同朴翁咏牵牛》:"青花绿叶上疏篱,别有长条竹尾垂。老觉淡妆差有味,满身秋露立多时。"

我因之想起旧时恰心的两位清人句子:蒋春霖"遥凭南斗望京华。忘却满身清露在天涯"(《虞美人》);黄景仁"羡尔女牛逢隔岁,为谁风露立多时"(《秋夕》,这里写的就是织女牛郎故事),"似此星辰非昨夜,为谁风露立中宵"(《绮怀》。他对此意一写再写,我大学时的黄景仁诗词钞笔记,遂以"为谁风露"为题)——原来源头都在姜白石那里,重温依然感伤。

也是因为生日,我送给自己的礼物之一是周文翰的《花与画的艺术之旅》,如书名,其中收录了几幅对牵牛花情有独钟者的绘画佳作:清代邹一桂和现代齐白石的蓝调牵牛,日本浮世绘的多彩朝颜,均甚雅美。其文章首先介绍宋人司马光一首牵牛花诗,

爱花的牛，牵牛的花

☆

值得转引的不是内容而是诗题：《花庵多牵牛，清晨始开，日出已瘁，花虽甚美，而不堪留赏》。他不喜欢牵牛这种花开开就谢了的特点，认为"才供少顷玩，空废日高眠"。这很符合司马光的品性：勤奋、务实，刚正到了迂腐的地步，是有着强烈事功之心的儒家典范，所以不可能像志贺直哉等那样，懂得在无所事事的清晨欣赏牵牛花的瞬间匆促之美。

碧花前后入苏诗

不待见牵牛花的，除了丰子恺、司马光，还有苏辙。他的《赋园中所有》其八说："牵牛非佳花，走蔓入荒榛。开花荒榛上，不见细蔓身。……嗟尔脆弱草，岂能凌霜晨。"指斥牵牛见花不见茎的忘本、没有出处，也有嫌恶其藤蔓形态如小人攀附之意，不过末句却忽视了牵牛花正是早晨即开的。

倒是苏辙的哥哥苏轼，在回应诗中谈到牵牛时平和通达得多，而此事的背景，恰亦在牛年。那是九百六十年前的一个辛丑年（1061年），三苏再次到汴京考试谋职，苏轼买了一处住宅，营建如其诗和书信所表的："荒园无数亩，草木动成林"，"课童种菜，亦少（稍）有佳趣"的南园（参见李一冰《苏东坡新传》）。当年苏轼、苏辙都在最高级别的制科特试高中（插说一下，其间考官司马光对苏辙特别推许，为之力争，看来都不喜欢牵牛花也侧面见出趣味相投);到年底,苏东坡得到第一份正式官职,赴任陕西凤翔府。

后来,留京的苏辙将南园草木逐一题咏,便有了上面的贬斥"牵牛非佳花"。而苏轼在凤翔作和诗《和子由记园中草木十一首》,第一首就写道:"牵牛与葵蓼,采摘入诗卷。"全诗是说弟弟闭门欣赏、记写这些草木,襟怀可赞,勾动自己回归与兄弟同处之念。他以牵牛花作为故园和亲情的起兴意象,首先正面写到,体味其意,是婉转地不认同苏辙看轻此花的。(另:上举"荒园无数亩"也是出自这组诗的怀念忆记。)

苏轼以凤翔开始职业生涯,而在晚年,他从贬谪惠州到再贬儋州时,途经广东雷州,也疑似写过牵牛花。当时苏辙亦被贬雷州,两人自南园一别,常相思念却聚少离多,如今同落难于南国而相逢,苏轼作《雷州八首》,其一为:"白发坐钩党,南迁濒海州。灌园以糊口,身自杂苍头。篱落秋暑中,碧花蔓牵牛。谁知把锄人,旧日东陵侯。"慨叹身世沉浮变幻,却插入把锄灌园时看到的篱上牵牛,那一抹寂寥的碧蓝,触发了也慰藉着今昔盛衰之感。

对这组《雷州八首》,冯应榴《苏轼诗集合注》(原名《苏文忠诗合注》)引同为清人的查慎行意见,认为断非出于东坡,实属也被贬雷州的苏门学士秦观所作。考证的论据之一,就是苏轼此

爱花的牛，牵牛的花

☆

行乃在夏天，不符合"秋暑牵牛"之意。还衍生一样好玩的是，冯应榴转引资料：雷州乃古代天文学说中的"牛女分野"之地，即恰与牛郎织女有关。

不过，当代曾枣庄的《苏轼评传》——此书在今年1月底购得之日，恰逢农历腊月十九苏轼生辰——仍将这首牵牛诗视为东坡作品，引来叙述分析他的经历与思想。那么可以说，苏东坡的仕途之始和人生末段，无论意气风发还是仓皇苦难，都有牵牛花影飘过了。园子已不是那个园子，唯有花，见证了生命的流变，以及不变。

蔓生的旁枝两朵

下面蔓生开去一下，谈谈牵牛花的近亲、近似植物，除了前述的五爪金龙和夕颜等，常见的还有鼓子花与矮牵牛。

野逸的鼓子花，原来早已见于《诗经》，四月为上巳节而购的蓝紫青灰《野有蔓草——〈诗经〉草木图志》和高明乾等《〈诗经〉动植物图说》都有介绍。其出自《小雅·我行其野》，诗写一位失婚女子被丈夫遗弃而回娘家，走在荒野上看到几种植物，以之感兴悲愤伤痛的心情，其中云："我行其野，言采其葍。"这葍，便是鼓子花，又名篱天剑、打碗花、旋花等（按前记的《牵牛花浮世无篱笆》一处译注，此花在日本被称为与朝颜、夕颜相对的昼颜)。它与牵牛花同属旋花科,该科名是指这些植物呈螺旋状缠绕生长,但蓝紫青灰书中说,"旋"还可理解为时间短,因鼓子花也是早上开花、中午便萎、旋开旋谢的。它又有一个古名"舜",亦取花开花谢一瞬间之意,由此,还得别名舜华,与《诗经》里的"有女同车,颜如舜华"同名,不过后者指的是木槿,那也同属朝开暮落之花。"我行其野"的这舜华旋花,表达的是那女子因之联想起自己的青春、容颜,以及婚姻的欢情,都一样转瞬即逝之叹。

这种野花的根可供救荒食用,但历来被视为低劣的"恶菜",其象征意义更每下愈况,从《诗经》的弃妇,到后来成为容色不佳的妓女之代称。最初是唐末一位无名氏有诗《睹野花思京师旧游》:"曾过街西看牡丹,牡丹才谢便心阑。如今变作村园眼,鼓子花开也喜欢。"本来这只是抚今忆昔的惆怅、盛衰变幻的感慨,甚至还有一点随宜的达观,我觉得挺好的;但宋人王禹偁贬官时召歌妓唱曲,因见对方相貌不如意,就略改原诗作失落感叹,诗改得不错,然而背景意味恶俗,我就不转引了。这个典故被一再借用,且也常与牡丹作比。同为宋人的辛弃疾有一首《临江仙》,自注为"簪花屡坠,戏作",开头是:"鼓子花开春烂漫,荒园无限思量。"他由这野花而想到过江去看牡丹,但人已白头,"一枝簪不住,推道帽檐长"。这里虽不是那种对女子的伤害性比喻,只

爱花的牛,牵牛的花

✿

是洒脱的自嘲,现出稼轩的襟怀,也现出宋人簪花的风尚,但仍拿鼓子花来衬托牡丹,让我为这旋花叫屈。

其实,鼓子花虽不如牡丹或牵牛出名,但历史悠久,要对比的话,如今更广为人知的牵牛花最初还要攀比鼓子花呢:宋代苏颂《本草图经》记载牵牛,说它"似鼓子花而大",这样描述才能让当时的人认识牵牛花(牵牛是南北朝时才传入中土并得名)。鼓子花也确不如牡丹或牵牛美艳,但亦很清丽动人。我手头有潘富俊《诗经植物图鉴》,书名页图便是一丛旋花。此花在全书植物中并不突出,但因画得精美而被选印于这重要位置:淡红的花朵,淡绿的叶子,藤蔓缠绕布满页面,清雅素朴,生机盎然。我当年春夜用蓝笔在那花叶间写了"花繁草茂三月书"的长篇题记,是自己最漂亮的书扉留痕之一。

今年5月在成都街边,看过雪白的鼓子花。而为那趟川西行旅买的一本《川西花卉》,里面记载了牵牛花,简洁的描述中有"令其攀缘棚架篱垣,既遮阴、也赏花"这样的可人句子;也记载了矮牵牛,是茄科植物,原产南美洲,花色繁多,"鲜艳非常"。

矮牵牛其实与牵牛花不同科,也没有攀缘缠绕的形态,而是矮生蔓状;只因花亦如漏斗、花期同为夏秋,而得此名。6月,我送给自己的另一本生日花书,是美国维侬·奎因的《花的传奇物语》,既记载了牵牛,也记载了矮牵牛的"前世今生"。关于牵牛花，有"引人入胜"的传说故事，根据日本神话，它源自"天堂珠宝"，是神仙用非常精细的方式创造的珠宝之花；至于矮牵牛，则没有这类人文历史，只能干巴巴地叙述它在南美被发现、引种的过程——但这也是另一种好处，不用承担那么多人类赋予的意义，自己开得漂亮就好。

春牛秋花相牵系

最后回应本文开头说的新年牛事。大年初一我发的朋友圈拜年帖子，有家居种种牛之物事，有所遇的牵牛花，有丰子恺簪花牛图，还有一张，是去年10月海南岛寻觅东坡踪迹之游所摄：在儋州的苏轼故居桄榔庵旁，一只与镜头对视的可爱小黄牛。我在帖子中说：感觉它像是苏东坡的后身，与我对上了眼神——以此祝福牛年能与美好的东西都对上眼神。

桄榔庵在苏轼居住时和现在，周围都是荒野，当日探寻毕，依依离去时，我在附近田里看到一群小牛，其中一只忽然回头，看了我一眼。当即拍下两张照片，一在当时发，以此结束那趟访苏主题；一在这个春节发，友人跟帖云：果然是牛矢觅归路之地。

这是指苏轼的海南诗《被酒独行，遍至子云、威、徽、先觉四黎之舍三首》之一："半醒半醉问诸黎，竹刺藤梢步步迷。但寻牛矢觅归路，家在牛栏西复西。"苏东坡被赶到荒郊乡村安家，访友

爱花的牛,牵牛的花

☆

醉后凭牛粪作为回家路径的标记。如此安处穷俗,恬适放达,清人王文诰辑注的《苏轼诗集》称之为"儋州记事诗之绝佳者"。

说起来,苏轼对海南的牛是真有感情的,曾写《书柳子厚〈牛赋〉后》,记述当地不爱惜牛,隔海买来的牛用于农耕的只有一半,另一半被屠宰,因人们得病都信巫不信医,靠杀牛祭鬼来祈福。他深为哀愤,撰此文作劝谕,希望能移风易俗。

此文既悯牛,亦悯人,尽见东坡怜生惜世的仁心。其中还提及:海南用盛产的沉水香,交易大陆的牛拿去杀掉;大陆人以这样得来的沉水香供佛求福,也就等于"烧牛肉",同样换不来福运的——古代海南依赖沉香等贸易而不事耕作,故苏轼还曾写《和陶劝农六首》呼吁人们重视农业。

我在春节假期大年初五这个牛年牛日,巧遇过海南背景的香与牛与东坡:到本邑一个传统香市所在的镇,游了一条以牛为名的村,看了中国沉香文化博物馆,恰好观赏到一件海南大型沉香雕塑"黎人采香图",内容丰富、细节精致,其中刻了很多牛,以及苏轼父子在海南与黎民品香喝茶的场景,颇为生动。

另外,苏轼在儋州还有一首《减字木兰花·己卯儋耳春词》,作于立春,上阕云:"春牛春杖,无限春风来海上。便丐春工,染得桃红似肉红。"这反映海南也有中原传统风俗:在立春日鞭打泥塑的春牛,作为迎春、祈农、开耕的仪式。苏东坡接连叠用"春"

字,写得灵动欢快。

那迷人的"肉红"花色,于我正有对应:2月初,春节前的立春,我新置了一盆桃花,花枝繁密之极,粉艳娇美不可方物,颜色便是那种别致的肉红。当日还购得日本五味太郎《小牛的春天》,是描绘四季草木与小牛共同成长的绘本,也属牛年牛书。这样的"春牛·春花",宜作春天到来的立春帖子,当时就引用了那首苏轼春词来记此花。

春节年假后上班,我还多次走牛村、遇牛景,其中2月下旬有一回,因为看到一些被驱策耕田的牛雕牛画,想起一个说法,感叹人与牛一般的辛苦命运。然而,与此同时,也看到一些乡村花景,颇为喜人。

是的,纵使我们注定属劳碌牛命,但有好花牵系,便可在长久的跋涉中,得瞬间的盛放;入世奉献如牛,出世自赏如牵牛等花,一动一静地,成就既劳作且绚丽的浮生。

2021年7月11日、三伏天开始之日起笔,
7月31日撰毕,8月1日修订

年光岁华之兔逸龙潜

岁时花事

✿

我第一篇《生肖年花》,是关于2010虎年的《虎耳拾草》,但该文实为2011兔年新春所撰,在写该年的《兔耳生花》之前先补写上一年的。经过一轮岁月,到2022虎年,"身·世双变"的转折之年,无心再叙虎之花草了,因此要对应起点的话,还是取当初下笔的兔年及随后的龙年,略记2023癸卯兔年、2024甲辰龙年的年度花木,以见年光岁华的流转。

"年光"出处,有唐人王绩的"年光随处满,何事独无花"。诗题为《春桂问答》,桂花确是我那场巨大转折中的见证植物之一。

话说2022年冬,发现病情,作出决定,安排好公私诸事,而邀天之幸,正好世事也迎来急转弯,让我可以无愧地放下工作重压。12月上旬最后一天上班,离开单位时拍了些照片留念,当中有办公楼前的桂花。下旬出院回家,见阳台花卉和楼下桂花,依然盛开如劫后无恙,如"我等着你回来"。到2023年1月下旬,去逛家与单位之间的一条三元里村,因其标识牌"三生有幸",正是我该年的私下主题词:乃"三之年"的吉祥祝语,亦为所历身、世诸事最终平复的感激心声。在村里看到农业时代的遗痕和近年乡村振兴的新貌,还有水果等农作物摊档和市场店铺,分别是自己农事、市事工作经历的反映,回顾真感"三生有幸"之欣慰(是日并购聚这两方面的书,也有恰好的辞岁辞旧纪念)。而这三元

年光岁华之兔逸龙潜

✿

里村中,还遇到一片开得好的桂花。

不仅于此,那段时间我大肆网购图书,作为休养的消遣和转折的纪事,当中搜得恽寿平绘《桂花三兔》印刷品,喜其将公历年份之"三"、农历生肖之"兔"都包含了,元旦后下了单。次日,收到也是为书名而订购的吴相湘回忆录《三生有幸》,翻见一则"卯年吉祥丹桂飘香",以乾隆事力证民间传说卯兔年不吉利是不可信的。兔年将至,桂花盛开,读到这篇是很好的典故。恰当日见朋友圈微店发售飞云阁《桂子飘香笺》,所画桂花树下是只兔子,亦即购之。——兔与桂的结合,是因中秋月圆桂香、月中玉兔的传说而来,在北方乃秋景。但正如王绩的年光花诗所咏为春桂,身边岭南春桂处处开花,簇簇金碎,薰薰香风,是相伴度岁的怡人佳物。癸卯春节,乃可将那画、笺,与自家阳台的清甜桂花,合为兔年开年好景。

我喜欢的"年光岁华"这说法后一个词,"岁华"之出典,见清人张心泰《粤游小识》:"每届年暮,广州城内卖吊钟花与水仙花成市,如云如霞,大家小户,售供坐几,以娱岁华。"我在2023年暮也从本邑花市买了水仙,以及最应农历兔年的兔子花仙客来,洵可娱岁。仙客来因花瓣向上飞扬形如兔耳,又名兔子花,我上一个兔年已选为生肖年花而写过,腊月小年逛花街时又见到,喜再添置两盆。

岁时花事

☆

到除夕，与《桂花三兔》一起启览的，还有从网店搜购的陈秋草《兔子与兔子花》画作印刷品，就是将兔与仙客来合绘的，与家中鲜花共作兔年的岁朝清供。而癸卯年初一，启览一些"兔书"，最欢喜的是玛尔塔·麦克道尔《寻找比得兔：波特小姐与她的植物园》，述介了比得兔创造者毕翠克丝·波特的园艺和花园，从中得知，比得兔故事中也出现过仙客来。

这些书画中的兔子花，与那一通体嫣红、一雪白间红的两盆仙客来，可得新春意兴。俏丽灵动的仙客来，其可人处还在于带出一份岁月更迭中的可喜，正如当年的《兔耳生花》写过："年华变换时光变幻间，遂有一种微微的欣慰愉悦。"——2023年又赏对此花，得以唤回两个记忆：一是原来上一轮兔年，这兔子花已牵系着一份闲情。二是我当初那篇文章，后来收入《笔花砚草集》，许宏泉兄所绘插图画了仙客来；那个春节前，许兄私微拜年、问候、谈期待再聚，我在此花旁回复，想起书中此画，翻出看到他画中题语是以仙客来之名而录了两句诗："相见亦无事，不来忽忆君"，如今相互间也正是这种心情。

年光匆匆，岁华轮回，又是兔年，又见兔花，仿如旧美延续，于新生可得重启好时光；那些像仙客般来到生命中的人，与彼此的情意，也仍厮守于岁月中，至可欣幸。面对辞旧迎新的变动，感受天意悯人的维系，仙客来之形色，与桂花的香气，共涵养

年光岁华之兔逸龙潜

✿

身心。

——以上本是2023年2月立春前后、兔年的新春开笔所记。这份心情,到2024龙年面对龙之花,也仍怡然相沿。

甲辰龙年春节前的行花街,同样喜遇上一个农历生肖的年花,十二年前龙年开头的龙头花。其学名为金鱼草,但因花冠有如龙的额头之天庭饱满,花序成串又如传统的彩扎龙头,故得此俗名。买了几束红色的作为家中瓶插,新年喜庆;而2012龙年认识的此花是黄色品种,则很快另有两场巧遇了。

先是2月春节后不久,重逛自己司农时期一个熟悉的乡村,再睹曾经的工作旧迹,及愈加完善的新貌,有小小欢慰。在旧时老木棉的漫天红花下,一片新打造的花田中,有黄色龙头花,便是那旧与新交会的写照。

然后3月惊蛰次日,闲逛城郊一个花主题公园,看樱花、牡丹等之余,又遇到满山坡的龙头黄花。同时还有流苏相思的满树黄花,更为圆满:因为2012龙年写的《龙头黄花》,记当时在龙头花之外还认识了这种名字动人的花树。如今又一个龙年新春,再与两种黄花相聚,非常开心:岁华流逝,时光循环,花重来,人仍在,感恩欢悦,无可尽言。这次看花之可喜相宜,还包括又一次与东坡同一天在岭南郊野看花。苏轼有诗记其南贬时,《正月二十六日,偶与数客野步嘉祐僧舍东南野人家,杂花盛开,扣门

岁时花事

❀

求观。主人林氏媪出应,白发青裙,少寡,独居三十年矣。感叹之馀,作诗记之》,我前年这天因知道他该诗而曾追随野步,现在是忘了这回事的闲步,过后才想起与他九百多年前的巧遇,真是有缘。如是种种,乃这新一轮龙年的岁月吉祥。

与龙有关的花还有一些。2月上元节,游本邑的上元村,在稻田菜花旁的水畔,看到野生的红蓼,想到这也属龙年花卉。《诗经·郑风·山有扶苏》:"山有桥松,隰有游龙。不见子充,乃见狡童。"这首女子戏谑调笑情郎之歌,说的游龙据考就是红蓼。

红蓼临水而生,穗状花序细长虬曲,很像一条条游动的小龙。它在北方可以长得很高大夺目,但我在岭南初春所见的则形体纤小,掩于其他湿地野草的相杂中,不怎么显眼——如今回味那情状,想起了"潜龙勿用""潜龙在渊"等古话。

这正可对应兔年私选的主题字:"逸"。去年发现,因兔子能敏捷逃避,古人遂以"兔"字造了"逸"字,这于我的转折选择恰好暗合。兔子擅奔逸,乃有兔年隐逸之逸;龙虽擅奔腾,也有龙年潜藏之潜,如此一路下来更切身相合了。

这两年的年度花事亦可对应。桂,在被赋予"蟾宫折桂"等"贵"的含义之前,是与那些仕进功名相反的隐逸象征,汉代淮南小山的《招隐士》,开篇即以"桂树丛生兮山之幽"为意象。红蓼,汤欢《古典植物园:传统文化中的草木之美》记此花多见于

年光岁华之兔逸龙潜

✿

古人诗画,其中一种类型,是与渔翁配搭,表达"文人归隐田园、寄居山林的美好愿望",所引唐代谭用之写给隐士的《贻钓鱼李处士》,结句即为"数茎红蓼一渔船。"

——年光飞逝,岁华不再,由兔逸而龙潜,既适世亦适身。此乃合时之道,可自足欣悦焉。

> 2024年7月上旬。此时自家有两种龙之花:多年栽植的火红龙船花,长开不绝,早前恰伴家人喜事;白里吐红如龙口吐珠的龙吐珠,乃日前小暑、为"时光花事"而逛花街所购,均在炎日既热烈又清静地盛放

树康花乐草木深

岁时花事

☆

一、草木前缘

我入读中山大学,是因为康乐园那片标志性的大草坪。

中学时我成绩平平,按照20世纪80年代的制度,高考前填志愿只敢报二类大学,已从中选了心仪的学校;但班主任却很看好我(以及类似情形的同学好友),坚持要我们同时填报一类重点大学;我们觉得反正不可能考上,对此的选择就有点无所谓了。记得当时派发了一些重点大学的资料,我看到中大招生简章上的校园照片,那片巨大的草坪令人怦然心动,于是抱着这份好感,以"就是它了"的随意心态,填写了中山大学。没想到那年高考,我们几个老友都超水准发挥,齐齐被中大录取。是幸运,也是命定的结缘,而这场缘分,是由一片青草催生的,中大丰盛美好的草木,遂成为我此后的宿命记忆。

在中山大学(这里特指笔者1986至1990年读中文系时的中大本部、今称南校区的康乐园),我度过了如花一样自由盛开、像树一般恣纵成长的四年,留下了永久的生命财富,当中包括师长、同学、诗歌、书籍、写作、足球、思想、感情……也包括校园的植物,毕业以来,多次撰文怀念,"用纸笔回报花木",仅举其中几个标题:

杜鹃花下曾读诗,杜鹃亲爱亦伤怀。虽说凤凰是心爱的花。后来再也没有栀子花。紫荆寂寞红,羊蹄踪迹(按:紫荆的学名是羊蹄甲），夹在书中的故园花言草语……

2024年,中山大学和中文系迎来百年华诞,我不想再重复事后忆述,而是翻出在校时的笔记、作文、诗歌等,"上有中大旧花痕",从中摘取部分,回看曾经身历心会的草色树荫。这些少年文字虽然稚嫩,却是现场第一手的原生记录,以此向母校母系献呈个人的微薄花束。(有些内容以前撰文时采用过,现整理原则是旧文详则本篇略,旧文未尽者本篇稍补充。)

二、朝花夕拾

首先,大一和大二,我曾两次集中记下中大的植物名录:"校园里有很多花木:木棉,紫荆,杜鹃,象牙红,樟树,柠檬桉,千层桉,扶桑,牵牛花,黄金间碧竹,佛肚竹,鱼尾葵,蒲葵,罗汉松,木麻黄……""各种绿树:清绿的凤凰树,浓绿的榕树,深绿的柠檬桉,墨绿的小叶相思,翠绿的竹子……还有凤凰树红红的花朵,在一片绿荫中分外醒目。"

上面第一段,出自当时中文系所创的"一百五"(新生第一学期写一百五十篇作文)中一篇《栀子花》。该文为一封写给家乡朋友的信,主要是细细述说:校园春夜薄雾中,图书馆院里一排洁白的栀子花,弥漫四溢的芳香,如何令我迷醉。

这花香随后让我赋予了更多的个人意义。大四的《五月忆》

岁时花事

✿

曾忆记:大一的五月夜晚,在图书馆栀子花暗香浮动中等人的情形……

当时另一篇笔记,写在路边采来带雨的栀子花,回宿舍放在床铺旁自己做的书架上,花掉落到桌子,正好跌在刚临摹好的比亚兹莱《蓝披肩》那女子头上,彷如为美人簪花,从而又想起在中大的第一个夏天,关于此花的少年情怀……我赞美这"肥大而洁白,朴素又妩媚,惹人怜惹人宠的心爱的栀子花",在花香中抄录相关诗词资料。其中一则,出自在那中大最后之夏买的周瘦鹃《花木丛中》,他写为避日寇而逃奔异乡,思念故园的山栀,到抗战胜利后回家,栀子已枯死,怅惜久之。

——现在重睹这段,仿佛注定了自己之于中大栀子。因为我毕业离校时在宿舍楼前偷折过栀子带回家,却没有种活。这遂成为一个惆怅的私人象征,自此三十多年再也没种过栀子花了,让那甜香永远封存在康乐园的记忆中。

从中大携回而得以留存至今的花痕,是夹在两本书中的紫荆与杜鹃。

紫荆,是"在我精神成长过程中不断出现"的花树,从童年到中学都留下深刻印象,而中大,我住了四年的东区男生宿舍楼前庭院,就有一排紫荆,在门前走廊甚至在床铺上与之朝夕相对,反复记写。其中一篇专门的《紫荆》,记录无论是在自己的精神黑暗时期,还是走出那种形而上的自我魇怔后;无论是阳光寂寞、月色苍凉、雨天愁怅,还是雨后树叶上明亮的水迹有如神迹之时;无论是深宵抽烟静立,听树影后不远处珠江的夜航船汽笛鸣响,还是白昼风轻云淡,搬张凳子凭栏读书……对着这些紫荆花叶,感受到的不同心境。它们是中大岁月最贴身相伴的植物,同忧共乐的"爱的纠缠"。并让我参悟:"我的前生是一棵树。"

又有大四夏天的一次写记:周末阳光正好,在走廊看紫荆斑驳的光影,水洗般的明净;看有人在树下喝茶,静静地交谈;看蝴蝶从枝叶间翻飞到树冠上的蓝天,平和淡静,"有一种不真实,又恍惚太真实的感觉"。——这种感觉源于即将毕业告别,"中大,仅仅是这样一个夏日午后的小景,就叫人难舍,相见时难,别亦难……"这篇笔记的题目,取自对应那一年的罗大佑《恋曲1990》:"终究难舍蓝蓝的白云天。"

除了宿舍,康乐园处处都有紫荆(甚至我参加的诗社也叫"紫荆诗社")。大四的春天,有一回想起要看紫荆落花,便当即冒雨漫步几条紫荆小道,最后在图书馆旁(那里的一排紫荆,也曾伴我馆中窗下读书),遇到一朵紫荆花犹如天赐般自空中飘落眼前,拾回夹入《诗经今译今注》。

记录此事的《做一回世说中人》还载:"杜鹃花也开了,一簇簇沾满水珠,有一种辉煌的楚楚可怜。"我徜徉花间欣赏,不

岁时花事

✿

忍摘取,最后捡了一朵落在地上的,回去后夹入《古文小品咀华》。——那是在图书馆侧、立有廖承志像的一个小草坡,是比较显眼的杜鹃观赏地,那些粉红清艳的杜鹃花,无数次走过看过。毕业后,我也曾回中大探望此地的杜鹃,以及紫荆,但长伴身边的唯有书中那两朵了,虽早已枯干,却承载着鲜活的回忆。

康乐园值得记取的花还有很多。比如前述"各种绿树……还有凤凰树红红的花朵",那篇大二之夏的《看看自己》写道:"顶喜欢许多人目之为俗的凤凰树。"到中大的最后一篇笔记《夏天,再见》,以流水账简记了四年露水生涯的种种,除了有"夜里的栀子花香"等,亦有"火红的凤凰花"。而离校后不久,因为一封来信谈凤凰花之于校园记忆,感慨万千,遂令此花也成为我的中大青春意象了。

又如,茉莉,"在中区草坪花坛前,就着隐隐的茉莉花香坐到夜深"。白兰,"夜里深呼吸漆黑中的白兰花香"。扶桑,大四的秋天,我拿着一朵这大红花,穿着白衣黑裤,拍下"风流总被雨打风吹去"的照片。

再如,一种不知名的野花,是大四的《五月忆》所忆:大一时到西区,"去班主任家,两个人走在无人的校园,我摘一串紫色花的萌动情怀……"

所以,是中大康乐园,成全了这个"爱花的少年"。毕业前的回顾,我用了一个滥俗但真诚的自喻:"大学四年是我的花季。"而临别最后一晚、在酒意中写至深夜的那篇《夏天,再见》,则引用何其芳的诗比喻这四年,是"如花一样无顾忌地开着"的时光,并写记:"黑夜里,有人在对面楼上,轻吹一首《光阴的故事》。独坐沉吟,怅惘不能自已,那是海一般深的爱,花一般美的青春……"

三、青园留青

除了花朵的五彩缤纷,草和树之绿,更是校园植物的主调,大学岁月的基调。中大遍布的青葱草木,滋润着学子的青春岁月——尤其是春天里草树青得滴翠的日子,才叫真正的青春。我将此故园私下称为"青园",毕生留情——青青子衿,悠悠我心,染在"心"上的"青",便是难以忘怀的"情"。后来整理大学相册,便命名为《留青集》。这一节就专谈谈康乐园的树和草。

当年笔记诗文,我多次写到对树的迷恋。大一《树的提醒》,记从图书馆借到一本好书,在回宿舍的林荫小道上边走边读,几乎撞到一棵从路旁斜生出来的树,这才忽然醒觉周围丛林是那样美:静谧中的微风,轻摇枝叶作响;一棵开白花的树,飘落朵朵如雪……遂感到不应只埋头书堆,辜负身边大自然的美好,为此感激那棵树沉默的提醒。

岁时花事

✿

自此而下,大二《看看自己》,"愿来生做一棵树";大三的《心情Ⅱ》,是"下雨的黄昏/我坐在一棵叶子宽大的树下……空空的咀嚼/盈盈的回忆/叫我终此一生/无法言传";大四《雨后便这么……》:"相看两不厌的,是树"。多年对树的种种赞颂、感悟,不胜枚举,这里只记一些具体的树种。

记得从南门到中区沿路两边的白千层大树,还有北门一带的大王椰,我都曾借"泰戈尔的树荫"作为照片赞词。

记得图书馆后马岗顶,山坡小路两旁光滑洁白的柠檬桉,照片上有自己题记:"我怎能拒绝这些桉树/长久的静候,夹道的欢迎。"

记得图书馆后的荔枝林,路灯明灭,幽影幢幢,缭绕湿雾掩藏着的春梦痕。

记得从图书馆到宿舍的小径竹林,临别校园的暮春,我想到钱起《暮春归故山草堂》的:"独怜幽竹山窗下,不改清阴待我归。"从而想象今后回归、回顾的心情。

记得中区原来的邮局书店储蓄所一带,有一小片小树林,叶子是三角形的,曾捡拾一片夹入萧白《风吹响一树叶子》,带回留念至今。

更记得的是樟树和榕树。

中大的樟树,与草坡上的红砖绿瓦老房子在一起,很有电影感,是我梦中的美好家园。因樟与我本姓同音,遂写过《致与我同姓的树》:倚靠着这兄弟之树,感觉春天的气息从土地传入,自脚而上盈贯全身,仿佛我也拥有了一样的汁液,又仿佛双脚扎了根,我成了樟树的一员。

榕树,那些有须根的细叶榕自不必说(尤其中区大草坪两旁的老榕树,环绕草地长髯飘飘,一如守护学子的师长),要特别一提的是大叶榕。从东门到宿舍的林荫道,两边的大叶榕枝叶在空中交织,春来新叶簇簇,鲜嫩碧翠,绿到透明,绿到把阳光都染绿,我私下给它取名为"青玻璃隧道"。它们陪伴每天的出入,"无尽新绿如少年时不忍深尝之 / 爱怜;碧酿初成 / 青玻璃的隧道通向幽幻或淡远"(《绝句 13》)。

樟和榕,有岭南独特的春季落叶现象。有时一片飘到肩上,令我思索人与自然的微妙关联,为与春天默契的缘分而微笑;有时满树的新叶与满天飞扬的落叶并存,又令我产生拥有与逝去的双重惊悸。为此写过忧伤的小说《春天的落叶》,也写过欢悦的《绝句 12》:"我与春天初有约 / 小小的约会 / 在落叶与新绿之间……爱人啊在路上到处都有 / 像春天一样。"

难忘的落叶景象,还有《绝句 1》:"星期天的下午 / 有风微微 / 有寂静沁人肺腑 / 我们坐在浓荫下 / 不发一言 / 这是学期里最后一个星期天 / 我心盈盈,又空空 / 我们看见两三细叶 / 在阳光中

岁时花事

✿

/轻轻/飘落。"

最后,回到最初,关于导引我来到中大的那片草坪,和不限于此的校园处处青草。

康乐园之草,同样惠我甚多。如同样是即事实录的《绝句2》:"在寂静的午后/我躺入深深的青草地/品尝一种心境/我想思索又怕自劳心绪/我想入眠又怕在不知不觉中错过这美好辰光/我觉得怎样都是和自己过不去啊/这时/我便听到枝间小鸟/几声无意之啼。"

又如《画》:"曾向伊说的/有长长的一列新绿小榕/(有风)/有榕后独立的一棵小小洋紫荆/(有雨)/有中午伊独自穿过的草坪/(有阳光)……"该诗的结句,被我用作最后一个中大春天的草坪留影之自题:"谁知一别/一个透明的邂逅竟成了画框外的初约/而伊已舍身化作了春天。"

这片大草坪(及其旁边半连半分的小草坪),就是中大的画框,见证的故事太多了。因为它的核心位置,每个人都会留下铭心的画面。在我,记得晴雨昼夜无数的草坪时光,曾与此相伴的那清亮笑容,像阳光一样,像春天一样……也记得自己独行的悠然心会,尤其是一篇《野人生计之偶然的福祉》所述:

一个新晴天,买了本《读书》,经过中区草坪,临时兴起,就在路边树荫中坐一会儿,看远处绿油油茂密的大片大片草地,看身旁肥大茁壮的草叶（还采了一叶夹在《读书》中），听小鸟清啼不断，仰头看看树冠，清凉的阳光便洒到脸上。——"如果要问我一生中的幸福时刻，那么这个上午，偶然第一次独自一人在路边享受清风，看阳光中的草坪，这一个小时，必是少数的其中之一幸福时光。"

此外太多的踏青印记，有一样比较特别。我曾经历精神上的深重困顿，自我挣扎走出黑色深渊的心路上，最终启迪我打通灵魂关口的，是因惠特曼《草叶集》而关注的校园草叶。它们生死混一相融的境界，让我豁然领悟，化解精神危机。大四之冬写下《如今我也是一株小草》，以及《草叶的欢歌》："以死后的悠然心态，单纯地去生，像草叶一样，做一个纯粹的人。"毕业前的夏天又写下《六月风凉》："我爱这些草／茁壮、丰腴的草叶／午后的凉风吹过／它们溢出绿油油的汁液／溢出朴素的欢歌。"还自取过"草叶"的名号，以志这份安详欣悦。

——青青草木，便如此垂青我的青葱生涯，让我毕生染上中大的青绿底色，从而感恩命运的青睐。

四、花树康乐

以上只是一个中文系旧生，在20世纪80年代后期的校园花木心迹。跳出个人的小视野，还有很多师生，对中大植物投入了

岁时花事

✿

更广更深的心力,或调查鉴定,或文史记述,从科学和文学等不同角度结出累累成果,仅近十年来的专著就有:《康乐芳草——中山大学校园植物图谱》(出过不同的两版),《一路花开》,《印象·中大草木》,据闻还有一个项目将结集为《康乐园木本植物图鉴》。——康乐园这个花木宝库,足以供众手纷呈,抒写无尽。

《印象·中大草木》收有黄天骥老师写中区草坪的《芳草年年绿》。黄先生是我读书时的中文系主任,是堪称"中大世家"的老中大,该文原载他的《中大往事》,该书多次赞美那片大草坪,"中大的草地可是全国高校校园最漂亮的"。最近,黄先生又写出更长的一篇《悠悠寸草心》,再三歌咏,深情相系。二文盛赞大草坪的壮观之美,写尽草色变化的细微之美;细说草坪本身的变迁,详道草坪上发生过的故事(这些变迁与故事折射着历史的变化),更通过"芳草""寸草"意象,寄寓对校友的感情,是不可多得的康乐园风物之力作、中山大学校史之佳篇。我尤其赞同黄先生从这一坪空翠中深挖的内涵:比起草坪之美,更重要的是它"包含着丰厚的人文精神"。

推而广之,中大其他花木也是如此,校园植物不仅关乎环境绿化美化,还是历史的见证,是校友往事心情的寄托,是大学精神氛围、文化底蕴的组成部分。每一代学子领受过的林荫花风,都传递着前人的荫蔽和风采,潜移默化了后人的品格,草木绵

树康花乐草木深

☆

延,精神传承。

即使不说得这么玄虚,仅植物本身,便可永供回味。我毕业后多次回校访树探花,总引发对故园的依恋。本文提到的种种旧时花木,虽有所变改,很欣慰大多数仍在,且有新的认识。如有两次与当年同窗知己重游,一回是"幽林淡酿桂花香",另一趟获告知红花酢浆草,都是我当初未曾在意的,情景回环。

再举两个花和树的例子,现出校园植物印象的前溯后延代代相传。

杜鹃花,20世纪五六十年代陈寅恪先生夫妇居康乐园时曾多次吟咏。80年代前期陈平原先生求学中大,也在《我的读书生活》写到,春晨雾中图书馆前"一大片杜鹃花开得正艳"。随后我于同一所在(陈寅恪故居就对着图书馆不远),领略了同一片杜鹃之美,之后读到两位陈先生的文字,甚为亲切。再后来有人剽窃陈平原那篇文章在杂志发表,就凭这个杜鹃细节被我一眼认出抄袭,还去信向杂志社反映。

大叶榕"青玻璃隧道",离开中大二十年后,我写《养叶天的南国花讯》,记听老同学谈经过母校,看到那些路树长得更加高大,从而起岁月感怀,我很欣慰有此心情的不止我一个。又过了十多年,最近,则有在我入读中大那年才出生的校友,谈因我该文而唤起对那青玻璃隧道的深刻印象,其在这树下路上也有故事

岁时花事

✿

心事……此又多一位"同道中人"了。

——花忆前身,树拂后人,中大草木就这样宛转流传,绵延长在。

毕业十周年聚会的征文,我曾有一个形容:中大岁月如天女散花。是上天播下的缤纷花雨,落在康乐园中,滋养我们的成长,芳香沾身,倩影入心,终生受用。对此唯有如礼佛者那样,合十感激和祝愿故园:

树长康,花永乐。

2024年6月中旬,生日前后撰

7月上旬补记:关于大一时西区路边的不知名紫色野花,随后与故人探讨是否为假连翘。到小暑炎日,逛本邑老城花街,遇到蝴蝶飞入一丛假连翘,在这紫花间流连。花档主给它取名"紫露",这确能补原名不够美之憾。买了一盆,还买了同样久违的荷花。因这天丰子恺漫画日历用了一幅"荷花开了,银塘悄悄……记得那人同坐,纤手剥莲蓬"。他是仿画金农的,原词也为农所作,两人都多次画过此题,当年我在《书房花木》的《回忆莲花日子》,用过金作为插图并记写那份幽怀。——炎夏热得人恍惚,前尘如露。

后记

感念时光中的花影与人影

自序中提到,本书的岁时没有包括节气,这里弥补一下,记录近期两个节气的花事游踪,和一个节气的花书心情。

一、立秋端州

8月立秋前后,在肇庆,休闲旅居。这是一座宋韵之城,重游七星岩,找到刻在石山上的苏轼题字"崧台第一洞"(崧台是肇庆和七星岩的古称,东坡曾途经游玩);重登据说是由包拯任端州(肇庆的前身)知州时初建的城墙,新游纪念他的砚洲岛;看了供奉宋徽宗所书"肇庆府"的丽谯楼(赵佶早年被封为端王,遥领端州,意外当上皇帝后,觉得这封地吉利喜庆,遂将之改名为肇庆,并以其瘦金书题字)。

立秋当天,接连有"秋"之巧遇。午饭的餐厅,名字恰好叫"叁秋"。傍晚在星湖边的民宿露台,看湖山上的夕阳光景,其间读带来的丁楹《南宋流寓岭南文人研究》,讲贬到肇庆的黄公度

岁时花事

✿

写过一首《满庭芳》,里面有句"一天风露惊秋",读至此抬眼看外面日落后的余晖,恰好正幻变出壮丽的晚霞。那一天,风露带来立秋的惊喜。

以上之外,这趟更深的感触,是宋城墙。肇庆我来过多次,最难忘2002年差不多的时日,有次独游,途中在一间书店买了止庵的《沽酌集》,随后遇雨,躲在城墙门洞中读了几篇。雨歇上城墙,见到始建于宋的披云楼,无人清静,就在楼顶坐对外面的阴云绿树,悠然又读了几篇。这段情景颇留下一点情味。现在重临是黄昏,披云楼已过了开放时间,城门洞和书店则忘记具体在何处了,不过我找到了从前的花树。

记得当年,雨把紫薇花淋得鲜明饱满;湿漉漉的青砖城墙上,大树掩映旁边的红瓦民居,在雨中温润安静;那大树,是两棵从墙下一直长上来,还高出城墙很多的鸡蛋花,花朵沾满雨珠,给我留下深刻印象。如今,紫薇、民居仍在,特别是又遇到那两棵鸡蛋花树,依然茂盛,亭亭如巨伞,花开枝头,绿荫墙头。这鲜活的生命力,陪伴守护着沧桑无言的石砖古迹,和我个人的岁月旧痕,对之又欣慰又感喟。

沽酌旧酒忆端州,忽忽已然廿二载。因为这次重游,我翻出昔年笔记,很多已失记、失联、乃至逝去了的人影,很多那个夏秋之间的画面、声音、心情、故事,在回忆中又再寂寞而缤纷地泛起

后记　感念时光中的花影与人影

✿

（包括一些当时就在惆怅怀缅的更早的往事片段），如炎暑薰袭，不禁恍惚。

这趟携读的《南宋流寓岭南文人研究》，研究范围是西江流域，包括广东肇庆，也包括广西桂林等地。作者丁楹谈范成大关于桂林的作品时，强调范是在离开当地后，不断回想的追忆式写作。丁对此似有颇深感慨，在学术论述之余屡有文学表述，如说：人世间的许多情感，"需要用心经营，需要一点一滴的积累、一点一滴的回忆来巩固与加强"。又如对范成大和其他人，都一再用了两句话："留予他年说梦痕，一花一木耐温存。"

人世漫长，时光短促。那些无奈消逝的，和有幸留下的；那些真切的花木，和虚无的梦痕，都值得我们感怀与惦念。

二、白露江山

9月白露，九江和庐山，特种兵式小游。去年白露我刚好也到了江西，看辛弃疾；今年这"江山之行"，则为了那里有《水浒传》的重要情节发生地，是我亲切的梁山英雄张顺的家乡，更有陶渊明、白居易、苏东坡、陈寅恪等我景仰的古今名人之踪迹。这江这山很多年前来过，重游的重点，首先是新看了庐山上心系已久的两处。

入庐山植物园，参拜陈寅恪先生墓。在幽静的景寅山，采了

岁时花事

✿

路边两朵小野菊,献祭于陈寅恪与夫人唐筼的墓前。墓很独特,由几块冰川时代的巨石垒成,造型脱俗不群,石上刻黄永玉所书陈先生名言:"独立之精神,自由之思想。"周遭松风清朗,我在墓前流连感受一番。同伴打趣道:"你以为这样来拜一拜,就能学到独立精神自由思想了吗?"我当然知道这是今人不可及的境界,像我这种俗子不敢也不应往脸上贴金,但脱口而出认真地答了一句:"还是学到一点点的。"

临走时同伴瞥见,陈墓旁的山林中还有一个三老墓,并列所葬庐山植物园三位创始人胡先骕、陈封怀、秦仁昌,正好一起拜谒。墓前有一大片苗圃,这设计也很有心思。秦仁昌是庐山植物园第一任主任,这个9月乃该园建立九十周年;陈封怀是陈寅恪的侄子,被称为中国植物园之父,他主编的《广东植物志》让我很受益;至于胡先骕,不仅是开拓中国现代植物学的泰斗宗师,还是文史大家,在20世纪前半叶世变之时,以坚守、捍卫传统文化著称。他这种守旧的是非功过可以讨论,但无疑与陈寅恪一样,都属于不肯随时而动,坚持内心价值,与世俗潮流保持距离的特立独行者。

植物园里有一片水杉林,纪念胡先骕等人发现的这种远古遗存珍稀活化石。林下几棵石蒜,寂寂地开着浓红夺目的花朵。高大的水杉与纤小的石蒜,共同点是都直立挺拔。我在别处说过,

后记 感念时光中的花影与人影

✿

红花石蒜那无叶长茎、无所依傍的傲放花姿,有点陈先生墓石上那两句话的意蕴;现在要补充的是,苏轼曾形容庐山:"清寒入山骨,草木尽坚瘦。"(《庐山二胜》)这种"坚瘦",是此地植物的特色,也是陈寅恪、胡先骕等前贤的风骨。

我在白露前一晚坐久违的绿皮火车通宵夜行中,和白露次日的高铁归程,于这两种很可回味的场景下,读了所带的陈寅恪《元白诗笺证稿》。其中留意到陈先生颇重视元稹、白居易诗里的花木描写,多次以花期物候来证诗证史,尤其是书后的《附校补记》,用了好几页篇幅讨论这个话题,分析全面深入。这让我恍然想到:陈寅恪最后葬于庐山植物园,有各种缘由(包括与陈封怀的关系),也有不得已的因素;不过,其实植物园非常适合陈先生,因他在世人所知的学术成就之外,是有植物文史研究心得的,归葬于此,乃为宜焉。此行这点意外收获,很让我这个植物主义者高兴。

上述陈寅恪论及的,包括白居易的《游大林寺序》文和《大林寺桃花》诗,记他在任江州(今九江)司马期间,一次孟夏时节到庐山大林寺,见高山深处的植物,才像新春一样刚开花。而我离开庐山植物园后,便去了以此为背景,纪念白居易的花径公园。看了白氏雕像、草堂,虽然那里的花没有特别值得一说的,但《大林寺桃花》的名句,却真可回味:"人间四月芳菲尽,山寺桃花始

岁时花事

✿

盛开。"陈先生就此厘清了地理影响花时的问题,而我觉得还可上升到人时、人事、人世之感:人间芳菲尽,深山花始开,即绝境之上,幽处尚可花木自持。这是上天对凡人的体恤,当"春归无觅处",可"转入此中来"(白诗),"别造一世界"(白序)。这层意思,甚慰己心绪。

庐山花径,是这回又一终可遂愿的新游。去年江西之行,曾带白居易和陶渊明的书去读,既是对应行踪,也是因接到水公在七夕佳节对我引退的安慰好话:"前半生是香山后来,后半生是五柳再世,舍此岂还有更理想的人生。"这谬赞虽感太过誉而惶恐,但可视为勉励,因而益增对白香山的兴趣。当时读赵瑜的《人间要好诗:白居易传》,书写得很好,有很多贴切之处,如总结白氏"在官勤勉尽职责,去官闲适且陶然",等等,这里不展开了。总之,来九江庐山,再领略一下白居易遗风,是相宜的,随后还有另一处重游的特别感受。

下庐山后,傍晚赶回九江市区,到江边的浔阳楼。这里有《水浒传》主题展,早年来看过,里面的梁山一百零八好汉小塑像,精致生动,令人印象很深,现得重观。对于此地,白居易写过《题浔阳楼》,还有背景为浔阳江的名作《琵琶行并序》,不过我更在心的是另一首《暮江吟》:"一道残阳铺水中,半江瑟瑟半江红。可怜九月初三夜,露似真珠月似弓。"

后记 感念时光中的花影与人影

✿

说起来,想要实地领略此诗,才是我前来的最初起因(虽然该诗是否作于江州有不同意见)。也真的在浔阳楼头看到了:江上落日斜阳,晚霞艳丽壮阔,水面荡红铺金,以及随后的一钩新月,如弓升起。而且这天是白露,则选这个时间,无意中恰好暗合"露似真珠"。

本文这一节,写于农历九月初三,恰可作为对此特别日子的致意。去年曾有对应"九月初三夜"而游九江庐山之议,因现实冲突未去成,甚为遗憾,还好今年可用早前这白露之行弥补。虽然,时间过去了,有些状态就不一样了,但事物发展变化的自然规律我们应该顺应。何况在无常中,还有一些如常,便是可幸;幻变不息的时代,尚能保持一些不变的合适,便是可怜中的可爱。因"可怜"在古代另有"可爱"之意,白居易"可怜九月初三夜"写的究竟是悲是欣,无法确定,都说得通。这就如同时光,混合了各种悲欣,莫测难辨,我们唯有既怜惜又赞美地处之。

三、寒露暖蜜

白居易那首《暮江吟》,被王景科主编的《中国二十四节气诗词鉴赏》、沈善书著的《时光印痕:唐诗宋词中的节气之美》,都收入寒露节气作品中。而我写至本文收结的此时,已是寒露节气。

岁时花事

✿

无论节气、节日还是平常日子,年月四时,总有植物相伴。我常常觉得,这个世界,看人,不如看花。但是,花事之中,又总要有人事,才更见生之意义。本书写岁时背后的花,而又常常在花影中隐含人影,无论古人还是今人,都值得感念。

感恩、感激、感谢、怀念、纪念、惦念,漫长岁月中遇过的那些好花好人。难以尽言,默感于心,文章里写到的、没写到的都不必再多说了,这里只专门致谢与本书直接相关的人:一如《大宋花事》已说到的,主事的余佐赞兄,装帧的周晨兄,审校中付出大量辛勤劳动、细致认真的景洋子编辑,另要特别一提方昊飞编辑。

岁时花事,这个题材一向是我的兴味,但能形成一册专书,则有赖昊飞慧眼拈出,让我甚感契心,此其一。其二是,我在以往工作中,很认同"专业事交给专业人办"的原则,这次出书,又一次体会到那种"专业"的愉悦:通过与昊飞的磨合互动,感受到她是一个有专业手眼的出版人,从选题策划到具体文章的择定、一些字句表述的审定,她都表现出既有文学热情又有客观理性的务实态度,值得尊敬和信赖,要特地说一声多谢。

我上一本书《草木光阴》是2020年出版的,到现在这段时间里,外间发生了很大的变化,我个人亦经受四年四变,一场接一场的重大转折,使我历劫后对光阴、对天命、对世态的感触特别

后记　感念时光中的花影与人影

✿

深。而重新出书,遇上几位愉快的合作者,则再次领会到时光中的人情如花之美。

是日寒露,岭南依然晴暖。关鹏飞《四时之词:宋词中的二十四节气》的寒露部分,收录了宋人李之仪的《千秋岁·和人》,开头一段写此时的节候和草木:"中秋才过,又是重阳到。露乍冷,寒将报。绿香催渚芰,黄蜜攒庭草。"按:查《全宋词》,末句作"黄密",但关氏释此句云:"庭间草变黄,寒露挂在上面,如在积攒黄色的蜜。"姑从其说。这时节身边的植物,最瞩目的是美丽异木棉,满树繁花,绯红清艳;这是一种深受蜂蝶喜爱的蜜源植物,今天傍晚我又恰好欣赏了花间蜂飞的闲意佳景。以此,祝我们无论经受怎样的时光变迁,哪怕在草木凋零的深秋,都能将风霜寒露,酿成点点滴滴的温暖甜蜜。

也愿在相宜的花事之外,继续遇到相宜的人,包括这本书遇到的你——读者。

2024 年 10 月上旬,寒露完稿